きっと夢で終わらない

大椛馨都

STARTS
スターツ出版株式会社

もしも過去に戻れるなら、必ずあの腕を掴《つか》むんだ。
いや、あの子が本当に望んでしたことなら、掴まなくてもいい。
でもひとつだけあの子に、聞きたいことがある。
僕は知りたいんだ。
あの子の人生の中で、幸せだった瞬間が、ひとつでもあったかどうかを。

目次

巡り合わせか、いたずらか　9
わたしが手放したもの　21
会いたくなかった人　69
雨上がりの予感　95
笹舟の行方　125
時の交差点　161
寝ても、覚めても　195
あとがき　248

きっと夢で終わらない

巡り合わせか、いたずらか

万感《ばんかん》の朝。プラットホームに立つ私は目を閉じ、胸いっぱいに〝今日〟という日を吸い込んで、ゆっくりと〝過去〟を吐き出した。

喧騒《けんそう》の中、線路の向こうに見える街並みを眺める。

世界は動いている。今、この瞬間も。

私ひとりが消えたって、時は止まったりしない。私ひとりがいなくなったって、太陽は真上に上がり、真っ赤に沈んで、濃紺《のうこん》の夜を連れてくる。そして何事もなかったように、また〝明日〟を迎える。私ひとりが死んだって、地球は回り続け、時間も進み続けるのだ。

自然と緊張はしなかった。恐怖も感じない。未練もない。

初夏の風が吹いて、私の髪をさらっていく。

視界を遮るロングヘアを押さえて、教科書の入った高校指定のスクールバッグの柄を持ち直した。肩にかかる重さと、感じる鼓動。すうっと空気を吸い込む私はまだ、この世界に生きている。

でも、もう終わりだ。この何センチもない白線を越えて飛び出せば、すべての思いわずらいから解放される。もう、悩むことも、期待することも、しなくていい。誰かを嫌いになったり、好きになる必要もない。

——ピンポーン。

構内アナウンスの合図が流れる。

《まもなく、二番線に電車が参ります。危ないですから、白線の内側に下がってお待ちください――》

プラットホームは大体、エレベーター付近に人が集まりやすく、端に行けば行くほどまばらになる。私は今からすることを何人《なんぴと》にも邪魔されぬよう、駅の端にいた。

周囲は特別、構内アナウンスを気にする様子はない。各々《おのおの》、本を読んでいたり、スマートフォンを操作していたり、イヤホンで音楽を聴いたりと、もはや意識は電車にない。

私は曖昧《あいまい》な列の先頭に立ち、首を伸ばして今か今かと、そのときを待っていた。

遠くのほうから電車の気配がして、周りの風が吸い込まれていく。とくん、とくんと胸が高鳴り、足元の揺れが徐々に激しくなる。ガタン、ガタンと車体が振動する音がどんどん大きくなり、正面が駅に差しかかるのが見えた。

――今だ。

ふわりと上がった前髪を合図に、スクールバッグの柄を強く握りしめ、右足で地面を蹴って線路に身を投げる。

これで私は自由になれる。

自然と口元がゆるんで、目尻に涙がにじんだ。

――しかし、私の体は線路にではなく、後ろに倒れた。前に出ようとしたのに、何者かに肩を引かれてバランスを崩したのだ。

ものすごい速さでホームに入ってきた車両が何両も目の前を通過する。ガタガタと鳴る車体の音が右から左に抜け、電車が徐々に減速していく様子を私は呆然《ぼうぜん》と見ていた。

「――よかった」

突如《とつじょ》耳に入ったひとことで我に返る。同時に背中から熱を感じ、自分が誰かに抱きとめられていたことに気づいて体を強張《こわば》らせた。驚きと恐怖と絶望で、硬直する。

私は、死ねなかった。その原因は、私の後ろに立つ誰からしい。

するとピンポーンと軽快な音が鳴って、目の前で停車した電車の扉が開く。私はすぐさま逃げるように電車に乗り込んだが、駅の端に人は少なくても車内はいっぱいで、結局ドア付近で足止めを食らう。

しかも私を助けたであろう人も乗ってきたようで、ドアに背を向けて立つ私の目の前に来たのがわかった。スクールバッグを抱きしめてうつむくと、つま先が擦れて白くなった私のローファーと、新しそうな革靴が向かい合っているのが目に入った。どうやら男性のようだ。

再び鳴った電子音と共にドアが閉まり、電車が動き出した。

どくどくどく、と心臓がものすごい激しさで胸を打つ。

彼は明らかに私の行動を読んでいた。どうしよう。危ない子がいた、と駅員に突き出されるだろうか。私はどうなってしまうのだろう。

どうかこのまま放っておいてくれ、と願いながら固くまぶたを閉じる。

「杏那《あんな》」

目の前の彼に、今度は名前を呼ばれた。もしかして私の知り合いだったのかもしれない。あるいは学校の人か、先生か。ああ、あのまま死ねたら楽だったのに……。

と、そこで私は、はたと思う。

先ほどは無意識のうちに耳に入ってきたから気づかなかったが、はっきりと私の名前を呼んだその声に聞き覚えがあった。かつてそのテノールの声で、私に話しかける人がいた。

おそるおそる顔を上げると、私を見下ろしていた人物に思わず息を飲んだ。

栗色《くりいろ》の髪に、きれいな二重まぶた。通った鼻筋と、薄い唇。紺色のリクルートスーツに身を包み、単色のネクタイを締めたその人は……。

「なんで……」

高校生特有の幼さやあどけなさのいっさい抜けた、葛西弘海《かさいひろみ》先輩だった。蛹《さなぎ》から蝶《ちょう》へ変貌を遂げるように、彼のまとう雰囲気は高校三年生の私にはまだないそれで、ますます困惑する。

弘海先輩は、私の通う中高一貫校の卒業生だ。私が中学三年生、弘海先輩が高校三年生の夏に初めて会って、それから顔を合わせれば少し世間話をするだけの関係だった。

彼は県外の大学に進学して、今は三年生のはず。就活もきっとまだで、リクルートスーツを着てここに立っているわけがない。なのに、どうしてこんなところに。

電車が次の目的地に停車すると、バランスを崩した私は弘海先輩のほうに倒れた。学校の最寄り駅まであと五つ。ここで乗り降りする乗客の波に流され、反対側のドアまで追いやられると、またドアを背に立ち、うつむいた。先ほどまでの出来事を思い出しては、かぶりを振ってかき消そうとした。

けれど、そんな願いも虚《むな》しく、トンと私の顔の横に誰かが手をついた。顔を上げると目の前には変わらず弘海先輩が立っていて、温度のない眼差《まなざ》しで私を見下ろしている。その表情はどこか悲しさをはらみつつも、安堵《あんど》がにじんでいるようにも見える。

しっかりと視線を絡《から》められて逸らすことができず、私は息をするのも忘れていた。

少しの間電車に揺られ、見つめ合い、先に開口したのは弘海先輩のほうだった。

「どうして?」

語気の強さに、私は思わずすくみ上がる。表情を崩さない彼の声は、ささやき程度のボリュームにもかかわらず地を這《は》うような凄《すご》みがあって、漆黒《しっこく》の瞳は揺れていた。

……どうして？　それはこっちのセリフだ。どうしてあなたはここにいるの？　どうして私の目の前に立ってるの？　どうして突然現れたの？　その上、どうして邪魔をしたの？

あのタイミングはまるで、私がなにを実行しようとしているか知っていたようだった。さらに、その理由さえ、あたかもわかっているような口ぶり。なのに、わざわざ尋ねる必要があって？

「関係ないです」

唇を噛《か》んで、弘海先輩だけに聞こえるように小さく言い放つ。

弘海先輩の口元がきつく閉まったのがわかった。でも、本当に弘海先輩には関係ない。三年ぶりに再会した〝ただの先輩〟には。

「関係なくないよ」

けれど先輩の返事は意外なもので、すがるように私を見ていた。

この人には日本語が通じないの？　確か文学部だか教育学部だったはずだが、私の言っている意味が理解できていない？　そもそも、理解する気がない？

拒絶は示した。『関係ない』と、はっきり伝えた。それは確実に弘海先輩の耳に届いているはず。だからこの場合、相手側が引き下がるのが普通だろう。なのに弘海先輩はさらに「答えて」と催促《さいそく》してくる。

その瞬間、私の中で均衡《きんこう》を保っていた糸がパチンと切れた。

「関係なくないってなに？　知ってるような口きかないで……！　私、せっかく……なのに、どうして……」

決壊ギリギリだった堤防は崩れ、感情が高ぶって目尻から涙がこぼれ落ちた。こんな公衆の面前で泣くつもりなんてなかったのに、後から後からあふれてくる。

人前で、しかもこの人の前で泣きたくなんてないのに。

だけどいくら手のひらで涙を拭《ぬぐ》っても、止まることを知らない。

すると弘海先輩は、私の顔にチェック柄のハンカチを押しつけた。おまけに視界が不明瞭《ふめいりょう》なうちに、先ほどよりも高まった人口密度を言い訳にするつもりか、私を抱きしめてくる。

初めは抵抗も見せたけれど、成人男性に女子高生が敵うはずもない。声を出そうにもハンカチで顔を覆われているし、涙は止めどなくあふれてくるので、この醜態《しゅうたい》をさらさないことを私の脳が優先し、そのまま身を委ねた。

感情のコントロールがうまくできず引きつけまで起こしかけたが、電車に揺られていると、徐々に涙も興奮も落ち着いてきた。その間ずっと、弘海先輩の手は肩に回っていた。

《次は、春日《かすが》。春日——》

しばらくして、学校の最寄り駅に着くことを知らせるアナウンスが耳に入った。

弘海先輩もそれに反応した一瞬の隙に体を押して、距離をとる。どんな表情をしていたかなんていっさい知らないけれど、私の体はけっこう簡単に解放された。

停車してドアが開く。私は弘海先輩の横をすり抜けて電車を降り、人の波に紛れながら階段を登って、逃げるように改札を通った。少し通りに出たところで改札口を振り返ったが、弘海先輩が追ってくる気配はない。

でも手には、返し忘れたチェック柄のハンカチ。お礼は言うべきだっただろうか、と脳裏をよぎったが、すぐにそんな考えは消し去った。

だって、悪いのは弘海先輩だ。ハンカチを押しつけてきたのも、弘海先輩が勝手にやったこと。私には関係ない。どこで降りようが、ハンカチがなくて困ろうが、私の知ったことではない。むしろさっき邪魔したことを謝ってほしいくらいだ。

思い出したら、またふつふつと怒りが込み上げてきた。持っていたハンカチをスクールバッグの中に突っ込み、自分のリネンのハンカチを取り出す。それでみにくい顔を隠しながら、空を見上げた。

憎いくらいに真っ青が視界いっぱいに広がって、太陽があざ笑うように照りつける。

本当なら今頃はあの青い空の彼方《かなた》にいるはずだったのに、まだこうして灰色がかった世界に私は立っている。

もう一度プラットホームに戻って線路に飛び込んでもいいのだが、あいにく泣きすぎで体は疲れきっており、戻ろうという気力は起きなかった。引き止められて、私の意気込みだけが線路に落ちていってしまったみたい。

このまま学校を休んでしまおうか。でもそうすると無断欠席扱いで、私と一緒に暮らしているお父さんに連絡がいってしまう。

実は、私が中学に上がる前に両親は離婚している。

ファッションモデルをしていたお母さんは、正直美人ではなかった。むしろお父さんのほうが顔立ちは整っている。けれど百七十という長身でスタイルが抜群によく、見た目も生活も派手で、性格はとてもサバサバしていた。

だから、どちらかといえば人肌を求めるような甘えた面がある、品行方正なお父さんとは正反対で、どうしてこのふたりが結婚したのか、私は小さいときから疑問だった。そして案の定、うまくいかなくなった。

原因は、お母さんの浮気。お母さんは、運命の相手をお父さんひとりに絞ることができなかったようだ。

そんな奔放なお母さんだったけれど、家事や育児の手を抜いたことは一度もなかったし、私にも素っ気ないなりに愛情というものを注いでくれた。

抱きしめるなど物理的なぬくもりは与えてくれなくても、マシンガントークを繰り広げるのに付き合ってくれたし、外食にも連れていってくれた。別れて、私がお父さんと暮らし始めてからも、一年に二、三回は食事に誘ってくれる。

そんな中、ずっと男手ひとつで育ててくれたお父さんにはただでさえ気を遣わせている。無断欠席がバレたら、心配を通り越して幻滅されてしまうかもしれない。それだけは絶対に避けたい。

昨日、たまたま聞いてしまった、真っ暗なリビングでお父さんが大きなため息と共に放った言葉が頭の中で木霊《こだま》する。

『杏那を――』

私は消し去るようにかぶりを振った。

重力に負けて肩から地面に落ちたスクールバッグの中には、一応授業で使うもの一式が入っている。残る選択肢はひとつしかなかった。

家も、学校も、息苦しい。私に残された場所はあの空の向こうだったのに。

この相当にひどい顔をハンカチで覆えるのも外にいる間だけだ。どこかコンビニにでも寄って顔を洗おう。学校に着くまでに目の赤みが引くなんて期待はしないけれど、冷えたペットボトルでも当てればいくらかマシになるだろう。

私は気を取り直して、登校することに決めた。多少寄り道しても十分、登校時間には間に合う。

辛《かろ》うじて転がっていた私の生気をバッグごと拾い上げて、学校とは反対方向にあるコンビニへと向かった。

わたしが手放したもの

どうして私はまだ生きてるんだろう。

翌朝、同じ制服を着た人たちが同じ方向に歩いているのを見ながらそんなことを思う。

今日も私はコンクリートの上を歩き、有限の時間の中を生きている。手を伸ばしてもあの青空の向こうに行くことはできないし、悠々と泳ぐ雲さえ掴《つか》めない。

本当は昨日できなかったこと――もう一度、線路に飛び込もうとした。死への願望がなくなったわけではない。今日こそは消えてやると決心していた。

でも、できなかった。死に怯《ひる》んでしまったのではなく、また邪魔されたらどうしようという恐怖が起こった。弘海先輩のことを思い出すだけでハラワタが煮えくり返りそうだ。

あの人は、確実に私がなにをしようとしていたか知っていた。もしかしたら今日もいて、私を止めようとするかもしれない。そう思うと足がすくんだ。

失敗したらどうしよう。その戸惑いが、今日も私をこの世界に留めた。ぼんやり列に並び、流されるまま電車に乗り込み、気づいたら降りて、通学路を歩いていた。

踏みしめるコンクリートには、朝陽が作る私の影が落ちている。光で体は透けていない。やっぱり私は生きている。

せめて〝感情〟だけでも、昨日線路に落ちればよかったのに、なんてどうしようもないことを考えながらうつむいて歩いているうちに、校門が見えてきた。

正門から学校の敷地内に踏み込む。通路両脇に立つ桜の木はとっくに桃色の花を落として、青々と緑を演出している。

五月ももうじき終わり、植物には嬉《うれ》しい水無月《みなづき》が目の前に迫っていた。

運動場からは、ゴールネットにサッカーボールが入る音、野球ボールが金属バットに当たる音、通学路を挟んで向かいの体育館からは、バスケ部のドリブルの音、バレー部のサーブが入る音、奥の道場からは剣道部のかけ声が聞こえる。

来たるインターハイのために朝から汗水垂らして練習を重ねる高校一年生、二年生の頑張る姿がそこには存在していた。

彼らは登校時間ギリギリまで練習して、本鈴と共に校舎へ駆け込む。『今日もセーフ！』などと笑い合う姿は、〝青春ここにあり〟という感じ。

でも、あの中のどこにも高校三年生はいない。

私が通う中高一貫校は県内でも有数の進学校として名高い。比較的自由な校風で、校則もそこまで厳しくない。バイトの制限はあるものの、制服を着崩すのもアクセサリーをつけるのも多少であれば目をつむられている。授業中は禁止だが、校内でのスマートフォン使用も許可されている。

そういう訳で、それなりに中学一年から高校二年まではみんな羽目を外したりもするのだが、高校三年生にもなると急変する。みんな一気に受験戦闘態勢モードに入るのだ。

七時半から一時間行われている早朝講座には約半分以上が出席。そうでない人も早朝に登校してきて、進路資料室や教室で朝の自習時間を持つ。

ゆえに、高校三年生のフロアであるC棟三階の廊下は他の学年とは比べものにならないほど粛然としている。お昼休みや休み時間などは息抜きの時間として多少にぎやかにはなるけれど、基本的には隙間時間も惜しまず勉強、というスタンスなのでやっぱり他の階よりは静かだ。

その上、夜は遅い。受験対策補講が午後七時まで組まれており、自習室は八時まで開放されている。

この学校は『塾がいらない進学校』『現役合格』を謳《うた》っているので、とにかく受験生に対する体制が整っている。だから予備校に通う人もひと握りで、みんな学校から出される課題をこなして受験に挑む。

要するに三年生は勉強以外に余念がないくらい勉強漬けの日々を強いられるため、いつも神経は逆立っている。

そんな中、私は唯一、大学受験を視野に入れていない、就職希望の人間だった。

〝学校〟というコミュニティに存在する人間関係に疲れて、〝責任〟や〝義務〟のおかげでいくらか割り切ることのできそうな〝職場〟のほうが私には合っていると思ったからだ。学校という場所で、友情や愛情などの私的感情にまみれた関係に一喜一憂《いっきいちゆう》することに、私はもう疲れてしまっていた。

そんな理由をもちろん知らないクラスメイトたちは私を、クラスに馴染《なじ》もうとしない、協調性を持たない人間とみなしている。私の選択を勉強からの〝逃げ〟だと考えて、切磋琢磨《せっさたくま》するどころか、眼中の釘《くぎ》に思っているのだろう。

だからもちろん、登校しても『おはよう』の挨拶なんてない。みんな、私のことなどお構いなしに、シャーペンを走らせる手を止めない。必要以上に関わる気はない、そんなオーラを全身から発している。

そういう状況をもたらしているのは私なのだが、その空気に耐えられず、朝はギリギリまで教室には行かないことにしている。ならばどこで時間を潰しているのかといえば、化学室裏の小さな花壇だった。

昨日は登校時間ギリギリに校門をくぐったから、花壇に寄ることをすっかり忘れて下校してしまった。今日こそはと、運動場も体育館の前も通り過ぎて、裏門に近い場所に位置する化学室のほうへ歩みを進めた。

化学室は、中学生の教室のあるA棟と高校生の教室のあるC棟の間――専科の教室のあるB棟の、しかも高校生のみが利用する一番奥にあるので、正門から登校する私にはあまり縁のない場所。その裏にひっそりと存在する花壇は、中学入学間もない頃にふらふらと広い構内を散歩していたら見つけた。

建物の壁に沿って奥行き五十センチに、幅一・五メートルくらいの小さな煉瓦《れんが》造りのもの。私が入学する少し前に離任した生物の先生が作ったものだと、化学の先生から聞いた。

アジュガ、マリーゴールド、バーベナ、インパチェンス、ポーチュラカ、アネモネ、チョコレートコスモス、カルーナ、ノースポール、デイジー。プランターにはコスモス、ひまわり、バラ。そして、アガパンサス。

雑多に植わっているように見えるけれど、この花壇は年中花が絶えない。四季折々の花を咲かせてくれて、ここだけ童話の世界の中のようだった。

こんな、普段は人も通らないような死角に花園があるとは知らなくて、発見当初はあまり手入れの形跡がなかった。水をやる人もいなかったのか、花たちは元気もなくしおれていた。

せっかく植えられているのに、なんだかもったいない気がした私は、食堂の後ろに立つ水道管の蛇口からホースを引っ張って水をあげた。すると花はすぐに応えてくれ、日を増すごとに元気を取り戻していった。

そのときの興奮といったらなくて、出来心で水やりをしたはずだが、いつの間にか毎朝の習慣になった。

それから高校三年生の今まで続けてきたけれど、私はそれをも放棄しようとしていた。

昨日は結局水をあげなかったが無事だっただろうか。

ずんずんと足取りを速め、B棟の建物に沿って歩いていく。

化学室隣の化学ゼミ室はとっくに電気がついていて、助手さんが器具を洗う音が聞こえる。だけどさらに外のほうから、もっと鮮明に水が流れて落ちる音がする。どうやら花壇に誰か先客がいるようだ。

角を曲がる前に、立ち止まって呼吸を整える。

普段通り、いつも通り。

胸の中で唱えて建物の死角に入ると、女子生徒らしき人影がひとつ、朝陽を浴びていた。

「あ、先輩！」

ホースを引っ張って花壇に水をあげていたのは、畠本《はたもと》季咲《きさき》——きいちゃんだった。

建物の陰からのぞく私に気づいて水を止める。切りそろえられたボブの髪を耳にかけると、太陽に負けないくらいまぶしい笑顔を向けてきた。

私よりふたつ年下の、高校一年のきいちゃんとは、私が高一だった冬からの付き合いだ。

ある日『お花に水やってたの、先輩だったんですか？』ときいちゃんが話しかけてきたのが最初。それから私の朝の水やり時間にここを訪れるようになった。時々、所属している吹奏楽部の活動関係で来ないときもあるけれど、ほとんどの場合、ここに寄ってからホームルームに向かう。

きいちゃんはそれだけでなく、『土日もどうせ部活で学校に来るから』と休日の水やりまで申し出た。

とはいえ、この水やりは私が勝手にやり始めただけ。そもそも花壇は私のものではないし、水やりも学校のある平日にしかやっていなかった。だから、土日に誰がこの花に水をあげようが知ったことではない。なので『好きにしたらいい』と返した。

少々突き放した、冷たいように聞こえたかもしれない。言ったあとでハッとしたが、きいちゃんは気にする様子もなく、『先輩がいなくなったら私が乗っ取って、後継者も育てます』と意味のわからない決意表明をしてきた。

「先輩、昨日来てました？」

「寝坊しちゃって、ギリギリだった」

自然に出てきたウソをきいちゃんはなんの疑いもなく信じた。

「そういうときもありますよね」

きいちゃんは鼻歌を歌いながら、水やりを再開する。

きっと、昨日の水やりもやってくれたに違いない。花を見ればわかる。

日当たりのいいこの場所は、一日水をやらないだけでもすぐ花の状態が変わる。特に最近は、梅雨の前に主張しておこうという太陽の思惑か、気温はそう高くはないけれど晴空の日が続いていた。

でも、きいちゃんがそれを言わないのはわざとだ。私ときいちゃんなりの線引き。あくまでもお互い勝手に、という暗黙の了解が成り立っている。

「先輩、そういえばうちのクラスに、昨日から教育実習生が来てるんですよ」

プランターのひまわりに水をあげ始めたきいちゃんが、別の話題を投げてきた。

太陽に向かって伸びる緑の茎はしっかりと体幹《たいかん》をなして、今にも開きそうな大きな蕾《つぼみ》をつけている。

「教育実習生？」

「あたったことありますか？」

「あ……中一、中二のときに」

今はそんな時期か、と遠い記憶を呼び起こす。

中間考査が終わって期末考査までの間、この学校は教育実習生を受け入れる期間が設けられている。中学一年生から高校二年生まで、ランダムに教育実習生が配置されるので、あたらないクラスももちろんある。

去年、一昨年、私のクラスはなかったけれど、他のクラスには歴史学や生物学を専攻する、リクルートスーツの大学生が配属されていた。

生徒によってはタメ口をきくくらいに親しくなっている子もいて、生徒にとって教育実習生は先生というより、もうひとりのクラスメイトのような存在だ。

「私のクラスは国語科の、古典の先生なんですよ」

「担任、国語科だっけ？」

「いえ、高橋《たかはし》先生はバリバリの体育会系です。でも必ずしも担任と同じ教科じゃなくないですか？」

「……まあ、そうだね」

私はうなずいた。事実、私が中学のときにやってきた教育実習生も、担任が国語にもかかわらず数学の先生だった。

きいちゃんは「他の学校は知らないですけどね」と話を続けた。

「で、この学校に来る教育実習生って、卒業生が多いじゃないですか。葛西先生も例にもれずそうなんですけど」

さらりときいちゃんが口にした名前に、体が反応する。

「……葛西、先生？」

「はい。男性で、下の名前は弘海。葛西弘海先生。割と顔が整ってて、クラスの女子が騒いでました」

人違いを願ったが、ここの卒業生で『葛西弘海』なんて名前の人物は、私の知っているあの人以外にはいない。

動揺がバレないように、私はきいちゃんから少し距離をとった。

なんてことだ。まさか今、同じ場所にいるなんて考えもしなかった。ということは、昨日あの場にいたのは、もしかしてここに来るため？

「そしたら葛西先生、昨日の初日から大遅刻してきて」

「遅刻？」

「そうなんですよ。初顔合わせがホームルームだとみんな信じて疑わなかったのに、まさかの三限の国語の時間という。びっくりでしたー」

ははは、ときいちゃんは抑揚《よくよう》のない笑い方をした。

ノズルからの水しぶきが花にパラパラと葉っぱに降り注ぐ。水が光を散乱して、キラキラと地面に落ちていくのをぼんやり目で追った。全部の水やりを終えたきいちゃんに代わってホースを受け取り、水道管に巻きつける。

「まあうちの脳筋《のうきん》ゴリラが遅刻なんて許すはずもないんで、昨日のお昼休みに体育教官室でこっぴどく叱られていたらしいですけど」

「……脳筋ゴリラって。高橋先生のこと？」

「だって、先輩もそう思うでしょ？　超体育会系脳で、おまけにごつい体してるからみんなそう呼んでますよ。だから今日は遅刻しないといいね、って感じです」

きいちゃんは少しも弘海先輩に同情を示す様子もなく「ねー」と花に同意を求めた。

今朝は弘海先輩に会わなかった。でも、これから三週間もこの学校に通うなら、使う路線は一緒のはず。

もしかして先輩は、昨日の私のことを誰かにしゃべっただろうか。

生徒が仮にも自殺未遂を起こした。そのことに彼は気づいていた。先生の卵である以上、それは見逃せない事実だろう。変に正義感を持たれて、報告でもされたらたまったもんじゃない。

口止めしなきゃ。でも、どうやって？

水道管に巻きつけたノズルから水を出して手を洗うきいちゃんに私も倣《なら》う。濡《ぬ》れた手のひらを拭こうとスカートのポケットに手を入れて、自分のリネンのハンカチの他にもうひとつ、ビニールに入れたチェック柄の綿のハンカチが入っているのを思い出した。

昨日帰宅して、一応洗濯してアイロンもかけた。再会を望んでいたわけではなく、もし仮に会ってしまったら突き返そうと思っていた。

迷ったけれど、私は恥を忍んで口を開く。

「きいちゃん」

「はい？」

きいちゃんは桃色のハンカチで手を拭きながら、顔を上げた。

「頼み事、してもいい？」

「……頼み事、ですか？」

きいちゃんはパチクリと睫毛《まつげ》を瞬かせた。

驚くのも無理はない。だって一年少しの付き合いで、お互いになにかを求めたことはなかった。基本的にきいちゃんとの関わりはこの花壇でだけだし、顔を合わせたら世間話をする程度。頼み事をしようと思ったこともなかった。

でも、背に腹は変えられない。

「……えっと、別に無理にとは」

「いいに決まってるじゃないですか！　なんですか？　なんでもしますよ」

バク転でも披露します？　と、きいちゃんは私の心配もよそに、目を輝かせて食い気味に言ってきた。

予想外の反応で、きいちゃんの思わぬ特技も知ってしまい、私のほうが驚く。おまけにきいちゃんは身長が百七十センチ近くあるので、百六十ない私からすると、こうも前のめりになられるとすごい圧を感じて少し仰《の》け反《ぞ》った。

「……あ、ちょ、少し待って」

「いいですよ。どうぞ」

おすわりを命令された犬のように、きいちゃんはすぐ私から離れ、目の前にしゃがんだ。

つぶらな瞳とはこういうのを言うのかな、と考えて、思わず頭をなでてしまいたくなる衝動に駆られる。でもすぐに思い直す。

私はきいちゃんにとって、この花壇だけで会う〝ただの先輩〟だ。部活の先輩よりも、クラスメイトよりも、もっと他人。ちょっと好意的な反応を示されたからって、うぬぼれるな。

そう戒《いまし》めて、私は花壇の縁に置いていたカバンの中からメモ帳とボールペンを取り出した。メモ用紙の一枚に【内緒にしてください】と走り書く。

それを切り離し小さく折り畳《たた》んで、ポケットから出したビニール袋の中のハンカチに忍ばせた。

そのハンカチをきいちゃんに差し出す。

「ハンカチ、ですか？」

「これ、葛西先生に渡してもらえない、かな」

「葛西先生に？」

きいちゃんはほんの少し驚いたように私を見た。

「うん……」

さすがに、本人に直接渡しに行くのは気後《きおく》れする。借りた、にしてもあくまで弘海先輩が押しつけてきただけだし。なにより、どんな顔をして会えばいいかわからない。いや、会いたくはなかった。

「一応、葛西先生、花純《かすみ》先生と同じゼミ室なんですけど……」

きいちゃんは探りを入れるようにそう言ってくる。

榊原《さかきばら》花純先生は、きいちゃんのクラスの古典担当、そして私のクラス担任。普段はC棟二階の正門側に位置する国語ゼミ室に待機している。高校三年生は滅多に通らない場所だから、昨日、弘海先輩に会わなかったのも納得がいく。

「たまたま、駅で拾っただけだから」

苦し紛れの言い訳も、そうとは気づかずにきいちゃんは「あ、なるほど」と手を叩《たた》いた。

「葛西先生っておっちょこちょいなんですね。いいですよ、承りました」

なんの詮索《せんさく》もすることなくあっさり引き受けてくれたきいちゃんに、ホッと胸をなで下ろす。けれどきいちゃんは、首をかしげた。

「もしかして……葛西先生と過去になにかあった、とか?」

「えっ……?」

鋭いところをついてくる。珍しい、今までの付き合いの中でこれほど突っ込んで聞いてくることはなかったのに。

不自然にも言葉が詰まってしまって、きいちゃんはあからさまに『しまった』という顔をしたが、すぐに取り繕った。

「なあんてね! これはちゃんと渡しておきます。初めてのおつかい、謹《つつし》んでお受けさせていただきます」

ポーカーフェイスが得意じゃないきいちゃんは、冗談っぽく敬礼してみせた。

私も笑顔を貼りつける。

「ありがとう」

「とんでもないです、って……っわ! 先輩、急ぎましょう! ヤバい、あと二分!」

腕時計で時刻を確認したきいちゃんが身を翻《ひるがえ》して走るので、私も慌ててそのあとを追う。

玄関から入って上履きに履き替える時間はないから、とりあえず非常階段から上がって、ホームルームのあとで上履きに替えよう。靴下が汚れてしまうのは致し方ない、ことにする。

きいちゃんは一階だけど、私は三階だ。『先輩頑張れ！』と脱いだローファーを振って余裕しゃくしゃくで一階の非常口に消えたきいちゃんを見送ったあと、三階まで駆け上がった。

身ひとつならまだしも、肩にかかるカバンは教科書でいっぱいで、当然重い。それでもなんとか足を動かし、これまた重たい非常口ドアを両手で引く。

しんとした廊下に、ギィッと蝶番《ちょうつがい》の擦れる音が嫌に響いた。向こうから階段を上がってくる先生たちのサンダルの音が聞こえる。

私は息を整える間もなく、自分の教室——B組に滑り込んだ。

昨日と同じく、ドアの開音にみんながピンと空気を張り詰める。細い針が体中に刺さるような感覚を覚えた。

静かに戸を閉めて自分の両二の腕を抱きながら、ポツンとひとつだけ空いた窓際一番後ろの席に向かう。

今までこんな雰囲気はものともしなかったのに、自殺が未遂に終わったこともあり、心臓を覆っていた鋼鉄が剥《は》がれた私は随分と弱くなってしまった。肩を上下させながら窓際へ歩く。カバンを放り投げたいのを我慢して、できるだけ音を立てないように席に着いた。

普通なら誰もがうらやむ窓際の一番後ろは、私限定の隔離スペース。人数の関係で、この席だけ孤島のようなのだ。誰も近寄らないし、ひとつ前の席の人も、右斜め前の人も、まるで最初っから私はいないものとみなしている。

目に見える嫌がらせを受けているわけではない。話しかければそれなりに返事をくれるけれど、それ以上踏み込むことは許されない。いや、もしかしたら許してくれるかもしれない。でも、踏み込めない。『必要以上に関わってはいけない』と、もうひとりの私が心の中で諭すのだ。

カラカラと教室前方の扉が開いて、担任の花純先生が入ってきた。控えめに染められたショートヘアにはゆるくパーマがかけられていて、ふっくらとしたほっぺは実年齢の三十歳よりも彼女を若く見せる。

ブラウスにロングスカートという清楚《せいそ》なコーデに反して実はそそっかしい花純先生は、今も教壇に上がるのにつまずいた。そのおかげで、教室内の緊張していた雰囲気が柔らかくなった。

「起立。礼」

花純先生が教壇に立ったのを合図に、学級委員長の号令で挨拶をする。ガタガタと椅子を直して着席すると、ホームルームが始まる。

花純先生は出席簿を開き、生徒と空席の確認をしてからパタンと閉じた。

「おはようございます。全員出席、ね」

＊　＊　＊

朝、テレビをつけると、今年の梅雨入りは少し遅くなるというニュースが流れた。平年だと来週中には洗濯物の生乾きの匂いが充満する日々が始まるけれど、今月中旬まで晴空が続くらしい。

私は部屋の電気もつけずに、行儀悪くも立ったままロールパンを食べながら、天気予報士のお姉さんの説明を聞いていた。

時刻が変わって、今度はバラエティー番組の放送が始まる。電源を落として、洗面所に行く。リビングを出るときに見えた日めくりカレンダーは、ちゃんと今日の日付を示していた。

月が変わって、三日が経った。そして、死にぞこなって五日が経とうとしていた。

この五日間、幸か不幸か、一度も弘海先輩と会うことはなかった。他にスーツを着た教育実習生を何名か見かけたから、きいちゃんの言う通り弘海先輩がいることは間違いないけれど、同じ棟にいても、教室の場所も階も異なるので見かけることもなかった。

もしや弘海先輩から私のことを聞いた花純先生に『話をしよう』などと呼び出され

るかと一挙手一投足に敏感になっていたが、ただ普段よりも目が合う回数が多いように感じただけで、結局何事もなく週末を迎えた。

土曜日は隔週で登校日がある。が、今日は休校。だけど高校三年生は希望制の特別講座が設けられていて、登校している人はきっといる。基本的に休日も校舎は開放されているから、自習室代わりに利用している生徒も少なくない。

私はそのどちらにも当てはまらないのだが、別件のために制服に袖を通した。

今日は吹奏楽部の大会で、朝から準備に追われて水やりができないと昨日の朝にきいちゃんが言っていた。だからといって別に私に水やりを催促しているわけではなく、世間話のひとつとして彼女は話しただけで、気にする必要はまったくなかったものの、なんとなく外に出てみようと思った。

ぽっくり死ねたらいいとか、そんな願望。家にいるよりは可能性が高くなるだろうし。

そんなわずかな望みに期待して、スカートのポケットに定期券だけを突っ込んだ。

玄関には、見慣れた革靴。廊下の奥、閉じられた部屋から細く明かりがもれているので、お父さんはきっと起きている。私が出かける準備をしているのは足音でわかっているはずなのに、顔も出さない。おそらく、私の顔など見たくないのだろう。

ただでさえ少なくなっていた親子の会話も、ここのところはほとんどないに等しい。

週末には溜《た》めていたドラマを一気見したり、一緒に台所に並んで昼ご飯を作ったりしたのに、もうそんなこともしなくなってしばらく経つ。

体にちくちくと針が刺さっていくような感覚に襲われるが、目を閉じて、ひとつ大きく深呼吸をする。そうするといくらかマシになった気がした。

「行ってきます」

心の中でつぶやいて、私はつま先の擦れたローファーを履いて外に出た。


自殺が未遂に終わってからも、私は懲りずに、ホームに立つたび、構内アナウンスが入るたび、電車の気配を感じるたび、何度も何度も、もう一度飛び込むことを考えた。朝登校するときも、夕方に帰るときにも。

一歩踏み出せば自由になれる。そう思うのに、できなかった。

何度でも言うが、死にたくないわけじゃない。叶《かな》うなら今すぐにでも消えてしまいたい。ただ、あの日を境に、私の決心が根っこ付近から折れてしまって、あきらめつつもあった。また失敗したら、私は死ぬことも許されないのでは、と。

もしもそうなってしまったら、今度こそどうにかなってしまいそうだった。

同じ路線である以上、弘海先輩と出くわす可能性がないとは言い切れない。どこかで見られていて再び阻止されたら、今度は大声で罵《ののし》るだろう。制御不能なほどに心が乱れて、人目も構わず泣き出すかもしれない。

そういうまた別の恐怖に襲われて、今日も一歩が踏み出せなかった。

幸か不幸か、道中は何事もなかった。誰かに背中を押されて線路に落ちることも、途中で誘拐されることも、見知らぬ人に刺されることもなく、信号で足止めも食らわず学校に着いてしまった。

少しだけ残念に思いながら、人ひとり通れるほど開いた裏門から入り、花壇へ直行する。すぐ右手に見えるB棟の後ろでは、昨日と変わりなく花々が咲き誇っていた。

いつものように蛇口を開き、ホースを引っ張って、散水ノズルを花壇に向ける。キラキラと水が出て、土に、葉に、花に、潤いを与えていく。

花はどれだけ太陽を浴びても、水がなければしおれて枯れてしまう。きいちゃんが週末に水をあげてくれるまでは、月曜日に登校すると花は元気がなさげだったことが多かった。比較的育てやすい花ばかり植えてあるから、水を与えればすぐ調子を持ち直したけれど、毎日水やりしているここ数年は花の咲き方も違う。

来世は、花になりたいな。

雫《しずく》をまとって輝く花に、どうしようもないお願いをする。

だって花はわかりやすい。どんなに太陽が照っても水をあげなければ枯れてしまうし、どんなに水をあげても太陽の光がなければしおれてしまう。こっちの接し方にどう感じているか、それを顕著に表してくれる。それがひどく安心する。

私も、こんなふうに素直に表現できていれば、なにか変わっただろうか。

そんなことを考えていると、突然水が止まった。ノズルの故障だろうかとのぞき込むと、取っ手を押していたのを忘れて、次の瞬間、水が顔に思いっきり噴射した。

幸い、シャワーモードにしてあったから水圧はそこまで強くなかったものの、真正面から受けた水が変に勢いよく目に入ったものだから、痛いのと冷たいのでまぶたがすぐには開けられなかった。反射的に手から滑り落ちたノズルが地面に落ちた音が聞こえた。

誰かがホースを踏んだ？　休日にいたずらか？　目立った嫌がらせはこれまで受けたことがなかったのに、とうとう本格的に私を追い出す方針を立てたのだろうか。

手の甲で水を拭い去ってポケットからハンカチを出そうとすると、すっと差し出されたチェック柄のハンカチ。前髪からポタポタ垂れる雫のせいで視界は悪かったが、私はそのハンカチを知っていた。

見上げると目の前に立っていた、ワイシャツ姿のその人に、どくんと心臓が跳ねる。

……どうして、いるの。

「ごめん、使って」

弘海先輩は半ば懇願するような声音で言った。でも、私は首を振った。

借りたら、また返さなきゃいけない。もう二度と会いたくないのに。

「でも、濡れてる」

「……けっこうです」

キッと睨《にら》みつけても、弘海先輩は唇を一の字に結んで動揺ひとつ示さない。怒っているのかも、呆《あき》れているのかも、その真顔からは読み取れなかった。

差し出された手は引く様子がなく、私はその作られたような〝親切心〟に嫌悪感を抱く。

すると、弘海先輩はそのハンカチで無理やり私の顔を拭いてきた。すぐにその手を払いのけても、彼が立ち去る気配はない。

なんて強引だ。私の意思なんかまるで無視。だったら私が去るしかない。週末が明けてホースが片付いてなくても、私のせいじゃない。

地面に落ちたノズルもそのままに、踵《きびす》を返してその場を離れようとした。けれど腕を引っ張られて、引き止められてしまう。

「……じゃあ、いいの？」

少しの間を持って、改めて力強く問われる。言外にあのメモのことを示された気がした。

ぐっと喉元が締めつけられたように言葉を失う。かあっと耳元に熱が集まり、ブワッとお腹の底からなにかが湧き上がる。

それを引き合いに出してくるなんて、姑息《こそく》だ。

「……脅すんですか？」

「違うよ」

答えない私の肘は掴まれたまま。言い返してやろうと手を振り払って、正面から向かい合ったが、喉まで出かかった言葉を飲み込む羽目になった。

髪の色と同じ栗色の双眸《そうぼう》には、怒りともつかない悲しさがうかがえた。その表情に、私を貶《おとし》めようなんて感情はひとつも見て取れなかった。

思わぬ展開に、私はただ立ち尽くす。前髪から垂れる雫が目に入って、手の甲で拭う。

弘海先輩はそんな私にまた、ずいっとハンカチを差し出してきた。

ここで断れば、きっと花純先生にあの事実が知られてしまう。そしたら花純先生は、私を改心させようとなんらかの形でアプローチをかけてくるだろう。

そうなると面倒だ。だってこれは私の問題で、他人が介入したところで解決しない。変な親切心でどうにかしてあげよう、と思われても困る。それをどこまで信用していいのか、わからないから。

苦渋《くじゅう》の決断で下唇をぐっと噛み、私は弘海先輩のハンカチを受け取った。

さっき無理やり拭われたせいで少し湿っている。さすがにそれを使うのは憚《はばか》られて、スカートのポケットから出した自分のハンカチで顔を拭いた。前髪も乾かして、視界が随分クリアになる。

やはり目の前に立つのは、弘海先輩に間違いなかった。ワイシャツの袖は肘辺りまでまくられて、ネクタイは締めていない。ズボンも学校指定の制服と同じような紺色で、こうしてみると生徒に見えなくもない。

このハンカチは後日返せということなのか。それとも一度受け取ったのだからそれで交渉は成立して、今返せばいいのか。

湿ったそれを握ったまま考えあぐねていると……。

「返してくれなくていいから」

「……え？」

私の口からもれた疑問符がそのまま空気に溶ける。弘海先輩は私の横を通り過ぎていなくなってしまった。すぐに姿は見えなくなり、しばらく聞こえていた足音も消えた。

地面に落ちたノズルからホースをたどると、それは絡まることなく向こうの蛇口から延びている。ひとり取り残された私は、とりあえず散水ノズルを拾い上げ、残りの花にも水をあげた。

今度は幻なんかじゃない。風のように弘海先輩はすぐに消えたけれど、確かに間違いなく、ここに立っていた。

彼は私を止めに来たのではなかったのだろうか。例えば、『なんであんなことしようとしたのか』と理由を聞いてきて、なんでもわかったように『一緒に解決策を見出そう』と提案してくる、とか。だってあのとき、弘海先輩は『どうして』と聞いてきた。『関係なくない』と凄んできた。

なのに、いざ再会して脅してきたかと思えば、割とあっさり立ち去って。なにがしたいのか、真意を測りかねる。

でもとりあえずわかったのは、弘海先輩もこれ以上私に関わるつもりもないのだろうということ。返してくれなくていい、というのは予防線に違いない。

それが先生としてなのか、あるいは目撃者としての立場なのかははっきりしないが、私との関係には区切りがついたのだ。そもそも、そんな関係すらあったのか怪しいが。

水をやり終えると、私はチェック柄のハンカチをポケットにしまい、濡れていた胸元を自分のハンカチで拭いてから帰路に着いた。

駅までの道は、またしてもなんの障害もなかった。プラットホームに降り、白線のすぐ後ろに立つ。電車はそう時間もかからずやってきて、ぶわりと煽《あお》られた風は私の濡れた髪をさらっていった。

ピコンピコンと電子音が鳴って、扉が開く。乗り込むと、あっという間に駅は遠ざかった。もう弘海先輩に会わなくて済む。そう思うと気が楽ではあったが、なにか胸に引っかかるものがあった。

自宅マンションの部屋を解錠して中に入るけれど、人の気配ひとつない。今朝あったはずの革靴も忽然《こつぜん》と姿を消していた。リビングも薄暗く、換気扇の音が微かに聞こえるくらい。「おかえり」の声は自分で発した。

ああ、なんて虚しいのだろう。もう一度、人生をやり直せるなら、次はうまくやるのに。道だって踏み外さないし、お父さんにあんなため息だってつかせないのに。

込み上げてくるものを消し去るように飲み込み、靴を脱いで中に上がった。汗を含んだ制服や下着は洗濯カゴに放り込んで、Tシャツと短パンに着替える。

初夏とはいえ、炎天下の中を歩いて帰ってきて、体は疲労を感じていた。昼食を作るのも面倒くさく、インスタントラーメンで済ませてしまう。

ズルズルと添加物を吸い込んでお腹が多少満たされると、自室のベッドに倒れ込んだ。扇風機を稼働させれば、そよそよと風が体を冷やして、気分が落ち着いてくる。

歩いている間に乾いてしまった前髪を触る。目を閉じたまま横になって、扇風機の風を受けていたら、いつの間にか寝入ってしまった。

そして、夢を見た。私が初めて弘海先輩に会ったときの、懐かしい昔の夢を。

——弘海先輩と初めて会ったのは、中学三年生の夏。あれは、体育の授業でソフトボールをやっていたときだった。

顔や手足に日焼け止めを塗りたくって、照りつける紫外線に『暑い暑い』と文句を言いながらボールを投げ、バットを振っていたその日、私は鈍くさいことにこけてしまった。向かってきた変化球を打ち返したはいいものの、一塁に向かって走る途中で、盛大に石ころにつまずいたのだ。

幸い流血までしなかったものの膝を擦りむいたので、授業が終わってから砂を落とそうと体育館裏の水道に足を運んだ。そしたらそこに先客で、当時高校三年生の弘海先輩がいた。

中学生と高校生はホームルーム教室と専科の教室が分かれているくらいで、家庭科室も音楽室も、美術室、体育館、グラウンドも共用。だからそんなところに高校生がいたってなんの不思議もないのだが、あろうことか弘海先輩は、端の蛇口についていたホースで頭から水を浴びていた。

衝撃的な出会いだった。

ええー、なにこの人。まだこれから午後に授業もあるよね？　パンツとかは大丈夫なの？　すっげー、ヤバい人じゃない!?

そんなちょっと変な人がいるのに、のこのこ傷に水を注ぐなんてできっこないので、建物の陰から退くのを見守っていたのだが、不意に顔を上げた弘海先輩と目が合ってしまった。

『あ、なんかイケメンさんだ……』

これが私の弘海先輩に対する二番目の印象。

二重まぶたに、通った鼻筋、形も血色もいい唇、おまけに私の頭に顎を乗っけられそうなくらいの長身。水を浴びて髪はぺちゃんこだったけれど、パーツの一つひとつが均整のとれた配置で、純粋に『きれいだな』と思った。

もっとも、『イケメン！』と騒がれていた一味《いちみ》のひとりではなかったから、イケメンさんというのは私の主観にすぎなかったけれど。

なにしろ、弘海先輩は水を流したままのホースを手に私を凝視していた。私もイケメンさんがどうしてこんな奇行を繰り広げているのか甚《はなは》だ疑問で、次にどう動くのかを待っていた。

多分、数秒見つめ合っていた。すると、弘海先輩はホースを持ち上げて……。

『浴びる？』

そう聞いてきた。弘海先輩が私にかけた、最初の言葉。

……浴びる？　いやいや、浴びませんけど。あなたみたいに豪快に水浴びなんてしたら下着までびしょ濡れだ。替えはもちろん持っているけれど、パンツまでは持ってないし。ただでさえ砂だらけなのに、その上、水浸しの体育着なんて持って帰りたくない。

そういうわけで、私はもちろん首を横に振るつもりだったが、一歩遅かった。弘海先輩はホースの口を細めて、私めがけて水を噴射してきた。その細口から出た水は私の頬を濡らし、ひとつに束ねていた髪にも水しぶきがかかった。あまりのことに驚いて、頬に手をやると。

『冷たいっしょ』

そう弘海先輩が笑って言ったのが二言目。並びのいい白い歯が印象的だった。

私も当時は中学三年生。今とは違ってみんなの中心にいるような社交的メンバーの一員でもあったし、まだ大人の対応なんてできない子どもだったから、当然反撃を試みた。

さっきまで躊躇《ちゅうちょ》していたのがウソのように水場に出ていき、反対側の蛇口をひねる。手で口の角度と調節して、自分にかかりながらも弘海先輩目がけて勢いよく水を出した。

そしたら『わー、なになに反則！』と楽しそうに笑うから、自然とこっちも笑顔になって、一緒に水をかけ合って遊んでいたら昼休みを半分過ぎていた。

あまりに長い間帰ってこない私を探しに来たそのときの友人が『杏那、あんたなにしてんの！』と叫んだので私も我に返り、結局体育着を水浸しにしてしまっていることに気づいた。

そのまま友人に引きずられるようにその場をあとにして、弘海先輩とはそれっきりだと思っていた。別れの挨拶もなかったし、同級生とは少し違う雰囲気だったから、高校生かな、と思ったくらいで名前も学年も知らなかったし。

でもその翌朝、いつものように花壇に水をあげていたら、弘海先輩がやってきた。まったく面識もなかったのに、どうして私がここにいることを知っているんだろうと疑問を抱いたのも一瞬で。

『風邪引かなかった？』

弘海先輩は、昨日の出来事を一時《いっとき》の夢にしなかった。

あの一瞬の接点を、なにかの縁としてくれたのだろうか。

そんなことを思ったら、昨日の仕打ちも今日ここに来た理由もどうでもよくなった。

そのあと、どんな会話をしたかは覚えてないけれど、弘海先輩は早朝講座を終えてから、よく花壇に来るようになった。

ホームルームが始まるまでの毎朝十分。花壇にお水をやっている間に弘海先輩が来て、他愛もない話をして、時には弘海先輩が花に水をあげて、それぞれの教室に戻る。早朝講座が長引いて時々来ない日もあったけれど、交わす言葉が挨拶だけでも、彼は時間を作っては花壇にやってきた。

中学生と高校生の校舎は異なるので偶然会うのは稀《まれ》だったけれど、時々廊下ですれ違ったり、図書館で会うこともあって、そういうときは弘海先輩のほうから手を振って合図してくれた。それは友達が一緒のときでも、ひとりのときでも変わらず、私が弘海先輩を見つけると必ず視線に気づき、笑顔で応えてくれた。

でも、それだけ。事実、私が先輩について把握していたことといえば、学年とクラスと名前くらいだった。誕生日も住まいも、なにが嫌いでなにが好きかも、なにひとつ知らなかった。連絡先も交換しなかったし、卒業してそれっきりだった。

弘海先輩がどこの大学に進学したのかを知ったのも、四月になって私がそのまま高等部に上がり、進路指導室の掲示板に貼り出された合格実績の欄に名前を見つけたためだ。

あれからもう三年も時間が経ってしまったから、弘海先輩は私のことなんか覚えているはずがないと思っていた――。

目が覚めたときには、辺りはすっかり暗くなっていた。頭をもたげて机の上の時計を確認すると午後八時を過ぎたところで、扇風機は変わらずプーンと回り続けている。リビングからの光が部屋にもれている。隙間からそっと外を確認すると、お父さんが台所に立ってなにかを作っていた。

週末の夕飯担当はお父さん。会話がなくても役割分担を果たすのは、お父さんの几《き》帳面《ちょうめん》な性格と、自由奔放でも家事はいっさい怠らなかったお母さんのことがよぎるからだと思う。

以前なら『手伝うよ』と声をかけに行くところなのに体が動かない。出ていって、拒絶されるのが怖いからだ。

もう一度ベッドに顔を伏せる。

なんだか懐かしい夢だった。あのときの私は今よりも数段明るくて、いつも周りには人がいた。笑い合って、はしゃぎ合って、毎日がそれなりに楽しくて、青春を謳歌《おうか》していていて。花壇だって、私だけの憩いの場所で、逃げ場所なんかじゃなかった。

――以前の私は今のように人と距離を置くような人間ではなかった。というか、むしろ人と関わるのが好きだった。

でも、自分にとって〝特別な人〟を作る勇気はなかった。大きなきっかけは多分、両親の離婚と小学生の頃の出来事だ。

小学二年生のとき、仲よしの子がいた。口数の少ないおとなしめの子で、家が比較的近いのもあって登下校を共にした。生き物係でクラスの金魚の世話も一緒にした。当時は〝親友〟の意味をきちんと理解していなかったけれど、きっとそんな仲だったと思う。

でも三年生に上がると、その子の姿は学校になかった。両親の仕事の都合だとかで春休みのうちに転校してしまっていたのだが、私はずっと一緒にいたはずなのに、そのことをなにも知らされていなかった。

『杏那ちゃん、一番一緒にいたのに知らないの？』

他の友達にそう聞かれて答えられなかったことに呆然とした。

あんなに仲よしだったのに、春休みが明ければまたいつものように会えると思っていたのに、その子はなにも言わずに私の前から消えた。私たちは『しんゆう』ではなかったのだろうか、と若干《じゃっかん》困惑していた私は、きっと彼女の性格上言い出しづらかったのだろうと結論づけて、気にしないことにした。

それに、親しい友達はまたすぐにできた。

今度は仲よし四人組の一員になったが、その子たちは前の子とは対照的に明るかった。私たちはすぐに打ち解け、休み時間のたびにおしゃべりをして、放課後は遊んで、ペア行動や班決め、グループ活動のときも行動を共にした。おそろいのキーホルダーも持っていた。

しかし、四年生に上がってクラスが四人ともバラバラになると、その子たちは私をまるで友達でなかったように振る舞った。廊下ですれ違ったときに合図をしようとして、無視されたのだ。

別の友達と連れ立って楽しそうにしゃべっていて、私も他の友達と一緒だったから気づかなかったのかな、と最初は思っていた。だから後日、お互いだけのときにすれ違ったタイミングで名前を呼ぼうとしたけれど、呼びきれなかった。彼女たちが私の横をなんでもなかったように通り過ぎたからだ。

どうしてだろう。私はなにか悪いことをしただろうか。去年はあんなに仲がよかったのに、と自問を繰り返した。

なにもみんなが私にそういう対応だったわけではない。ものを隠されたり、嫌がらせをされたりもなかった。

だからこそ、私は友達の境界線が理解できずに悩んだ。人間関係を築くことはできる。仲よくできる、話ができる。でも〝親友〟の基準が私の中でわからなくなってしまった。

人と親しくなっては離れていかれることを経験した私は、『近づきすぎたかな』『馴れ馴れしくしすぎたのかな』と自己嫌悪に陥った。

なにがダメだったのだろう。どうすればよかったのだろう。

そのことを小学校高学年のあるとき、お母さんに相談すれば、『あんたバカね』と笑われた。まだお母さんがお父さんと離婚する前だった。

そして、下戸のお母さんはぶどうジュースを飲み干してから続けた。

『人間はいつか裏切るのよ。だから相手に期待なんかしない。〝特別〟を作らないに越したことはないの』

だから、お母さんは誓いを立てたはずのお父さんを裏切ったの？　じゃあ、お母さんはいつか私もお母さんを裏切ると思っていたの？

今なら聞きたいことがたくさんあるけれど、私はそのとき素直にうなずいた。

一方、ちょっぴり過保護なお父さんは、人間関係でうまくいっていなかった様子の私を気にかけて、中学受験を勧めてくれた。

初めのうちはあまりに打ちのめされてやる気も出なかったけれど、お母さんの言葉を『私を特別だと思ってくれる人を、ここじゃない場所で探せばいいのだ』と都合よく解釈し、背中を押された気分で勉強を始めた。

それは吉と出た。塾に入れば自然と学校にいる時間も減ったし、休み時間も勉強に勤《いそ》しめば、雑念を払うことができた。

クラスメイトとの関係はますます表面だけの軽薄なものになっていったけれど、環境が変われればそんなことも気にする必要がないのだ、とひたすらに勉強に打ち込んだ結果、有名進学校に合格することができた。

合格はクラスにも報告されて、みんな『おめでとう』と祝福してくれたが、そこに気持ちがこもっていないのはすぐにわかった。その証拠に、卒業式のあと、社交辞令でも『卒業しても遊ぼうね！』と声をかけてくれた子はひとりもいなかった。

他の子は別れの言葉を言うのにも涙ぐんでいたり、親に仲よしグループで写真を撮ってもらったり。校区の関係で中学校が離れてしまう仲よしたちは『絶対遊ぼうね』なんて抱擁を交わしていて、私の卒業アルバムの寄せ書き欄だけが真っ白だった。

友達百人できるかな、と期待に胸を膨らませていた小学校生活は、ろくに友情も築けないまま終わってしまった。

自らが招いたことであったにもかかわらず、その頃の私は本当にまだ子どもで、現実を受け止めきれず、家に帰ってお風呂で泣いた。クラスメイトの態度を悔しいと思うのではなく、ただただ自分の不甲斐《ふがい》なさに涙した。

もうちょっとうまくできたはずなのに。そしたら、楽しい思い出も作れたはず。

アルバムの中で愛想笑いもできずにいた自分を嘲笑《ちょうしょう》した。

もう、こんな思いはしたくない、と中学進学を機に、これまでの性格を改めた。

いつも他人に対して受け身だった私は、自ら声をかけに行くことにした。友達が離れてしまった原因を、積極性が足りなかったのではないかと分析したのだ。

入学した中学はあらゆる地域の子が集まっていたから、当然お互いに顔見知りも少ない。そんな中で積極的な人間はむしろ好感を得た。自然と、私の周りには常に人がいるような状況ができあがった。特別親しい友達を作るのではなく、みんなと平等に仲よくしようとする姿勢がけっこう受けたのだ。

小学生よりも顕著《けんちょ》に派閥《はばつ》を作ろうとする中学校では当然小さなグループがいくつもできていたけれど、私はどのグループにいっても歓迎された。

毎日が楽しかった。学校での居心地はよかった。寂しくなんてなかった。ただ、放課後の教室で内緒話をするふたり組や、おそろいのチャームをカバンにつけているグループを見かけては、どこか言い知れぬ孤独感は感じていた。

特別を作ることを完全にあきらめたわけではなかった。でも誰かと必要以上に親しくなって、その関係が壊れてしまうことを考えると、なかなか難しかった。

だから、感じた虚無感《きょむかん》には知らないふりをして〝一緒にいて楽しい子〟として学校生活を送っていた。

ところが、だんだんと、美紀《みき》こと松村《まつむら》美紀と過ごす時間が増えていった。

美紀は入学した時から唯一クラスが同じだった。当時の私と似て社交的な性格で、美紀は美紀で所属していたグループがあったが、自然に彼女とふたりになることも多かった。時を重ねるにつれて私と美紀の関係は、他の人より強いなにかで結ばれていると周りにも思われるようになっていた。

私は変わらずいろんなグループを転々としていたけれど、美紀の居場所を聞かれるのは決まって私だったし、誰かに言われて私を呼びに来るのも美紀だった。

おそらく美紀も私に、周囲とは少しだけ違う特別な感情を抱いてくれていたのだろう。でも私は、やはりトラウマを拭い去ることができず、美紀とは一定の距離を保っていた。

そんな、高校一年生の二学期のある日。夏休みが終わり、文化祭を月末に控えた九月の中旬だった。

私は十六年間生きてきて、その日初めて告白というものをされた。

野球部の芹澤《せりざわ》くんは、男子の中でもよく話をするほうだった。中学三年生のときに読んでハマっていたシリーズ本の趣味が合い、それがきっかけで仲良くなった。

でもまさか好意を持たれていたとは露《つゆ》ほども思っていなかったので、突然の告白に当然面食らった。『芹澤くんとは、友達のままでいたい』と表面上の理由をつけて、なんとか断った。

ところが芹澤くんは意外にあきらめの悪い人で、『すぐに返事を決めてしまわないで』とか『それでも落ち着くまで、想っていてもいい？』『友達から始めちゃダメ？』

『もしかして他に好きな人がいるの？』、挙句『松村に遠慮してるの？』と食い下がってきた。

あまりのしつこさに、さっさと解放してくれ、と思いながら右から左に流していたが、芹澤くんの口から美紀の名前が出てきて耳を疑った。呆気《あっけ》にとられて聞き返すと、どうやら美紀は夏休みが終わる前に芹澤くんに告白していて、彼はそれを断ったと教えてくれた。

中高生にもなると、大半の興味は異性にある。中高一貫校では付き合いが長くなる分、長期的に攻めていくことを考えている子もいれば、短いスパンでコロコロ相手が変わる子、他校に好きな人を作る子と様々だった。

恋愛ごとは裏切りや抜け駆けがいっさい許されない世界だったから、私たちの関係性を確認するための手っ取り早い話題でもある。だから私は美紀が芹澤くんを好きなことも知っていた。高校に上がって少しして、美紀から『杏那に相談したい』と、グループチャットではなく個人的にメールが送られてきたのだ。

『杏那には伝えておきたいの』という特別扱いに私は舞い上がって、協力を自分から申し出た。私たちの距離は急速に縮まり、いつしか私と美紀は親友なのだと信じて疑わなくなっていた。

それなのに、夏休み中に振られたという報告はなかったし、学校が始まってからも私とふたりっきりになると『芹澤がカッコいい！』と惚けていた。当然教えてくれると思っていた告白までの経緯はおろか、事実すら聞かされていなかったのだ。夏休みが終わって二週間以上が経っていたのに。

私は途端に全部どうでもよくなってしまった。どんなに周りから親しいと思われていても、本人が『杏那に相談したい』のだと言ってきても、やっぱり肝心なところまでは話してもらえない。わかっていたつもりだったのに、自分のバカさ加減に笑いが出た。学習しない自分に腹が立った。

どこかで期待してしまっていた。美紀は今までの人と違うかもしれない。きっと美紀にとっての特別は私だ、と信じていた。

でも結局は、私の思い込みにすぎなかった。どうせ芹澤くんだって、長くいれば気が変わって私から離れていくに違いない。きっとなにも言わずに去ってしまうだろう。

だから、最も効果的な方法で相手を拒絶しようと考えた。

『友達なんて一番信用できない。だから、友達から恋人に発展することなんてない。あなたを特別に見ることは、これからもない』

少々ひどいかと思ったが、そこまで強く言えば、芹澤くんは『しつこくしてごめん』と身を引いてくれた。けれど、その結果がもたらしたものは皮肉だった。

翌日、いつも通り登校した。日課だった美紀への挨拶も、正直どうしようかと迷ったが、なにか事情があったのかもしれないとまだ私は期待を捨てきれなかった。なのでとりあえず、自分の席に行く前に、すでに登校してスマートフォンをいじっていた美紀に『おはよう』と声をかけた。

でも、美紀は返事どころか一瞥《いちべつ》もくれなかった。

過去を思い出して、途端に胸騒ぎがした。聞こえてなかったのかな、ともう一度口を開こうとすると美紀は立ち上がり、『ちょっといい?』と私に退室を促した。

高まる動悸《どうき》に、これから起こることが予想されて、私はきっと青ざめていた。でもそれよりも、教室から外の非常階段に出て向かい合った美紀は、温度のない顔をしていた。

『昨日、芹澤のこと振ったって本当?』

その声音に怒りがにじみ出ていて、私は息を飲んだ。そこまで怒りを露《あら》わにした美紀を見たことがなかったからだ。

沈黙を肯定と捉えた美紀は、質問を重ねてきた。

『振ったときに芹澤に言った『友達なんて一番信用できない』っていう言葉も、杏那の本音?』

特別は作らないという言葉がウソなら、私は美紀に遠慮して芹澤くんを振ったことになるし、肯定すれば芹澤くんに虚言《きょげん》したことになる。どうしてそこまで知っているのだろうと不思議に思いながらも黙っていると、美紀は目に涙をためて言い放った。

『私たち、ずっと友達ごっこしてたんだね』

美紀はそう吐き捨てると、私を置いて教室に戻っていった。

ひとり取り残され、笑いが込み上げてきた。『友達ごっこ』という言葉は、あまりにぴったりだった。

美紀との関係はそれっきり。以降、必要以上に口を聞くことはなかったし、高校二年への進級で美紀が文系、私が理系クラスに別れたのを機に、完全に連絡を絶った。美紀も私と袂《たもと》を分かった理由を公言しなかった。

なにも友達は美紀だけではなかったので、美紀との仲違いが学校生活に支障をきたしたわけではない。大方喧嘩《けんか》でもしたのだろうといいように考えてくれたクラスメイトは、時間薬を掲げて『そっとしておこう』と判断したのか、私と美紀の関係が冷えたものになった理由を聞いてくることもなかった。

いたって普通に時間は流れたが、私は遠慮されている状況や、思うようにいかない人間関係に苦悩するようになり、だんだん他人と距離を置いた。そして誘いを断っているうちに、誰からも誘われなくなってしまった。休み時間も、移動教室も、お昼休みも、圧倒的にひとりでいる時間が多くなった。

それでも、普段の学校生活は困らなかった。あからさまに無視されることも、グループ活動でハブにされることはなかったし、〝クラスメイト〟としての居場所は確かにそこにあった。

けれど、本格的に受験を視野に入れての授業が始まり、少しずつ緊張感が漂ってきた中、私は唯一、進学でなく就職を希望した。この学校に入った以上、進学するというのが暗黙の了解で成り立っていた。担任からは奨学金を使う手立てもあると勧められたが、私は首を縦には振らなかった。

きっと大学に行けば私はまた同じような目に陥る。確固たる強い絆《きずな》というものに憧れて、また打ちのめされて、バカを見るに違いない。その分就職なら、職場内の人間関係のあれこれはあれど、『仕事だから』と割り切れる。

大学を卒業しても就職難の昨今、これといって学びたいこともやりたいこともはっきりしないのに、高給取りでないお父さんにこれ以上教育に投資してもらうのも気がひける。奨学金は後々返さなければならないことを考えると、卒業と同時に稼いだほうが長い目で見たらプラスだと判断した。というわけで、もっともらしい理由をつけて学校側を納得させた。

大学受験をしないからといって、学業をおろそかにすることはなかったが、クラスメイトの中にはそんな私の存在を〝目障り〟とする者いた。

みんなが一生懸命、受験に向かって走り出す準備をする中で、私だけが就職というのは、〝勉強したくないゆえの逃げ〟と思われていたのだ。働きアリの中に怠け者のアリを投入すると、その働きアリが怠けるように、私のような〝やる気のない人間〟が存在すると、彼らの意志もそがれるらしいことを知った。

反対に、お父さんは私の選択を応援してくれた。お金の心配はせずに自分のやりたいことをやればいいのに、と心配してくれたが、また学校でうまくいっていないことを察して、気を遣ってくれたのだと思う。

『ゆっくりでいいよ、杏那』

私はあのとき、お父さんさえそばにいてくれればよかった。お父さんなら私から離れていくこともない。私は時々期待に応えられないこともあるけれど、お父さんはいつでも私の味方だったから。

でも、お父さんもお父さんなりに職場で問題を抱えていたらしい。甘えていた私は、お父さんの限界に気づくことはできなかった。出勤が早くなり、帰宅時間が遅くなったため、顔を合わせることが少なくなった。ご飯を食べる量が減り、同じ家に住んでいるのに久しぶりに見たお父さんは痩せてやつれていて、私がいくらご飯を勧めても、休みを取るように進言しても気に入らなかったようで、言われたのだ。

『杏那を、引き取らなければよかった』

日曜日の昼のことだった。それは面と向かって私に投げられたわけではなく、スーツ姿のままソファーで頭を抱えたお父さんがつぶやくようにこぼした言葉。

今まで保っていた私の精神の糸は、そのひとことでぷっつり切れた。そして自分の存在理由を見失った翌日、あんな暴挙に出た。そこで弘海先輩と最悪の再会を果たしたのだ――。


過去のことを思い返しながらまどろんでいたら、また短い間寝てしまった。次に目が覚めたときはリビングにお父さんの姿はなく、コンロ上の鍋の中にカレーが入っているだけだった。水切りにはひとり分のプレートとスプーン。私もひとりっきりで食卓につき、ひとりっきりで平らげた。

お腹を休めながらソファーにぼーっと座る。クッションを抱えて今日の出来事を思い返し、ふとポケットの中のハンカチを思い出した。

弘海先輩は返さなくていい、と言っていたが、一応洗濯することにした。いらなくても、人のものを捨てるのは憚られる。

のろのろと立ち上がり部屋に戻る。椅子にかけてあったスカートのポケットの中から、まだ少し湿っているチェック柄のハンカチを取り出した。洗面所に行くとき、お父さんの部屋の前を横切ったが、部屋の電気は点いていないようだった。壁のかけ時計はもう日付をまたいでいた。

会いたくなかった人

どこの階も、一番騒がしくなるのはお昼休み。特にC棟の二階は、国語ゼミ室側から延びる外の通路が体育館に続いているので、人通りも多い。私はそのゼミ室前に、川にせり出す岩のごとくしばらく立ち尽くし、下級生からの注目を浴びていた。

今、私は今年一番の窮地に立たされていた。ラスボスに丸腰で立ち向かっていくのと同じような気分だ。

今日は月曜日で、いつも通り登校したが、通学途中に弘海先輩を見ることはなかった。朝きいちゃんと水やりしているときにも、弘海先輩は姿を現さなかった。

本当にもう、私に構うことはないんだ。きっと二度と会うことはないだろうと、そう思っていたのに……。

考えても仕方がない。この状況が変わるわけでもないし、まず私がここに立っている理由に弘海先輩はまったく関係ない。

今朝ホームルームが終わって花純先生に『八城《やしろ》さん』と声をかけられたときは、まさか私の自殺未遂が知れたのかと身構えた。でもそういうわけではなく、面談に呼ばれただけだった。

高校三年生は、一学期の期末テストが終わると三者面談が始まる。今までの模試の結果を踏まえて、親を交えた受験の最終進路について相談、確認するのだ。その前に、先生と生徒の二者面談がこれまでお昼と放課後に行われていた。

生徒は出席番号順に選ばれて、先週までに私以外の生徒はあとひとりを残して全員面談を終えていた。そして朝のホームルームで『八城さん、今日のお昼、お弁当を持ってゼミ室にいらっしゃいね』と花純先生が声をかけてきたとき、私はもちろんだけど、教室内にも緊張が走った。

でもすぐに『元村《もとむら》くんは放課後にいらっしゃいね』と男子の出席番号最後の元村くんも呼ばれたので、ホッとため息をつくのが聞こえた。

私が固まるのはわかるけれど、周囲も同じように凍《い》てついたようで、不思議でおかしくもあった。

もしかすると私のことでなにか言われるのかと思ったのかもしれない。とはいえ、本人たちは悪気があって私を村八分《むらはちぶ》にしていたわけではなかっただろう。自分たちの集中を削ぐものは排除したいというのは真っ当な考えだ。そんな彼らにとって私が目障りなのは当然のことなのだから。

意を決して国語ゼミ室のドアを二回ノックし、ドアノブを回して扉を開けた。ふわりと風が吹いて、スカートの裾が翻る。

手前の壁に向かった生徒机でノートパソコンに向かっている弘海先輩がまず目に入った。この場合は挨拶するのが礼儀だという瞬時の判断で軽く会釈したものの、私に気づいた弘海先輩は驚く様子もなく、ただ私を一瞥《いちべつ》して軽く頭を下げ、再び画面に向かった。

予想は確信に変わった。この人は本当に、徹底的に私との接点をなくそうとしている。これでもう何人《なんぴと》も私の自由になる権利を脅かすものはいない。

そう喜ぶべきはずなのに、なぜだか胸の奥がキュッと苦しくなった。

「八城さん、来たのね？」

向かい合わせの右側のオフィスデスクから、キャスター椅子に体を預けて私を確認した花純先生は、「こっちにいらっしゃい」と迎えてくれた。左側のオフィスデスクの持ち主である酒田《さかた》先生は退席中らしい。

「失礼します」

「ここに座って」

「はい……」

花純先生がデスクの前に置いてくれたパイプ椅子に腰を下ろす。

すると、背後の弘海先輩が立ち上がった。ガタガタとなにか整理する気配がしたかと思えば、ギイッと扉が開いて弘海先輩はゼミ室を出ていった。

「八城さん、お弁当はそれだけ？」

「えと……はい」

「少食なのね」

花純先生は弘海先輩の退室を気にすることなく、机の上に曲げわっぱの弁当箱を取り出した。

私のお弁当はおにぎりふたつ。具は梅と昆布。基本的に教室では食事をしたくないので、授業合間の休み時間で済ませられるようなおにぎりとか、コンビニのパン。昼休みには、図書館に退散する。時々は本を読んだりするが、大抵の場合は置いてあるソファーに身を沈めて静かに時間が過ぎてゆくのを待つ。

なにも考えなくていいその時間が、私にとっては唯一の息抜き時間だった。

「いただきます」と花純先生が言ったのに倣って、私も一応手を合わせる。

花純先生のお弁当は、豚の生姜焼《しょうがや》きがメインの手作り弁当だった。

「八城さんは就職よね？」

「一応、そのつもりです」

つい最近まで天国に就職希望だったことは黙っておく。でも実は漠然と就職を決めていただけで、希望する企業なんかは特に決めていなかった。そこを突かれたら困る。

花純先生は箸《はし》でブロッコリーをつまみ上げた。

「進学するつもりは本当にないの？」

「ない、ですね」

「勉強が嫌い？　そうでもないか。成績は悪くないよね」

「嫌いではないです」

勉強は嫌いじゃない。特に数学は、どんなに複雑な問題でも必ず答えがひとつと決まっている。そういうのはわかりやすいから好きだ。

だけど、国語はあまり得意ではない。特に心情を読み解こうとする小説は苦手。文章題は感情移入して解くものでないと教わっているけれど、読んでいるとどうしても気持ちが入ってしまうから。

「でも、ここの学校に入ったのは、大学受験を見越してじゃなかったのかな。多くの人はそのようみたいだし」

「……もしそうなら、就職するという娘を父は止めるはずです」

「そうなのね」

花純先生は唸《うな》りながらご飯を咀嚼《そしゃく》していたけれど、私は自分のおにぎりに手がつけられず、手のひらで転がしていた。

「八城さん、明日から私と一緒にお昼食べない？」

会話が途切れて、しばらく黙々と食事する花純先生の箸運びを眺めていたが、遊んでいた手を止めた。

「……私ですか？」

突然の提案に戸惑う。

「うん、そう」

「どうして、ですか？」

「私の話し相手かな。八城さんは大学受験がないから、質問するために早弁して先生を捕まえる、なんてことも……ある？」

　確認してくる花純先生に、私はかぶりを振る。

「ないです」

「うん。それに……教室、居づらいでしょ？」

　これが死にたいと決心する前なら、うまくポーカーフェイスの下に隠して『そんなことありません』とかわすことができたはずだが、私はすぐには言葉をつなげなかった。弘海先輩のことが頭をよぎったから。

　すっと胸の辺りが冷めて、むくりと憎悪が芽を出しかけるも、それは杞憂《きゆう》だった。

　見かねた花純先生は、笑顔を作った。

「なんとなく察するのよ。高校三年生を受け持ったことはこれまで三回あるんだけど、三年生にもなると余裕がなくなるというか、自分に精一杯でね。成績順にクラスが分かれているわけではないから、ひとクラスには下から上まで満遍《まんべん》なく振り分けられるでしょ？　そうすると、ちょっと怠けてるふうに見える子が気になってしまうみたい。しかもこれからは、国立受験組には最大のストレスになるであろう私大の推薦合格も出てくるし」

推薦受験の結果発表は年を越えるまでにわかることが多い。なので二学期中に進路が決まる人もけっこういる。合格が決まった人は、あとは卒業式を待つだけなのだが、一月にセンター試験を控えている人間からすれば目障りでストレスだ。本人に自覚がなくても、浮かれているのが雰囲気でわかるから。

しかも〝現役合格〟という三年生の学年目標ゆえ、浪人回避に焦る人も出てくる。それで無理をして体調を崩したり、ひどいと精神を病んだりする人も出てくるらしく、教師はそういうことにも最大限気を遣うのだと、花純先生は言った。

「だから周りが八城さんをあまりよく思ってないことわかっちゃうのよ。ごめんね、傷つけたいわけではないよ」

「わかってます。大丈夫です」

「どうかな？　昼になると酒田先生はふらっとどこかに行っちゃうし、話し相手が欲しいな、なんて」

内申あげるわよ、という声は弾んでいた。

花純先生は迷える子羊に手を差し伸べるような気持ちなのだろうが、私は素直にその手を取るには少し大人になってしまった。以前なら『じゃあ、来ちゃおうかな』なんて無邪気に返しただろうが、私はもう昔のように担任をあだ名で呼んだり、タメ口をきいたり、馴れ馴れしく慕うタイプの人間じゃなくなった。

怖い、という感情が先立ってしまう。だって国語ゼミ室を逃げ場にしていいなんて、先生はもしかしたら思っていないかもしれない。ただの言葉のあやで、気にかけているということだけ伝えたいのかもしれない。

もう素直に好意を受け取ることができない私は、まず相手を疑ってしまう。

「考えて、おきます」

だから私の答えはこうだ。しかし曖昧な返事にもかかわらず、花純先生はあたかも私が肯定を示したかのように笑顔でうなずき「待ってるよ」と笑顔を向けてきた。

私は結局、ほとんどおにぎりを食べられなかった。授業中、お腹が鳴ったりしたらそれこそ不興《ふきょう》を買うので、無理やり具が梅のものだけをなんとか口の中に押し込んだ。

ゼミ室を出て三階に上がると、騒がしい二階とは一変、途端に静けさが襲う。一番奥の自分の教室まで行くのに他の教室の横を通り過ぎたが、ほとんどの生徒は着席し、机に向かっていた。

にぎやかな食事の時間も、予鈴が鳴る前には終わっている。一分一秒も惜しい、そんな雰囲気が漂っていた。

朝同様、できるだけみんなの神経を逆なでしないように私は静かに席に着き、次の教科の準備をする。五時間目は古典で、教科担当は花純先生だ。

そういえば、弘海先輩は私がゼミ室にいる間に帰ってくることはなかった。昨日アイロンまで当てたハンカチはポケットの中で、渡せずじまいになってしまった。

＊＊＊

雨は、憂鬱さと心の弱さを助長させ、ちょっぴり大胆にさせる。こんな日は、夜のせいだ、とか、酒のせいだ、とかと同じように、雨の陰気な雰囲気のせいだといって、多少のことはなにをしても許されるような気がするからだ。

そんなことを思ったのは翌日、火曜日のこと。担当教諭の病欠で、自習になった二時間目の英語の時間に、突然雨が降り始めた。朝は青空が広がっていたのに、予報が外れて、地上は一気に暗《あん》たんとした鼠色《ねずみいろ》の雲に覆われてしまった。

周囲は提出する必要がない課題プリントそっちのけで、それぞれに時間を使っている。

私は、しとしとと降り続けている雨が一向にやむ様子がないのを、頬杖《ほおづえ》をついて眺めていた。

バッグの底に折り畳み傘を突っ込んであったから、帰りは濡れる心配がない。でも、今日の昼はどこで過ごそう。

今朝コンビニで買ったサンドイッチを次の休み時間に食べ、そのあとはいつも通り図書館へ行こうと考えていたのだけれど、今日は委員会の集まりがあるとかで昼休みの使用を制限されてしまった。

トイレとか体育館の隅とか時間を潰す場所は探せばあるけれど、トイレは衛生的に悪いし、体育館は授業以外で高校三年生の出入りがいっさいないから他学年の生徒たちに不審がられるだろう。昼食時間に開放されている美術室は恋人同士の憩いの場だし、ということで適当な場所が見つからない。

窓に打ちつける雨水が筋を作りながら落下していくのを追いながら、ふと国語ゼミ室が頭に浮かんだ。

昨日、花純先生は『待ってるよ』と言ってくれた。でも、あの言葉が方便《ほうべん》でないかどうかは知る術《すべ》がない。よく先生は生徒を心配しているとか言うけれど、果たして本音だったのか。もしそれを本気にして頼る生徒がいたら、先生は受け入れてくれるのか。

口ではなんとでも言える。あの言葉を鵜《う》呑《の》みにできるほど、私は子どもではない。でも、しばらく人とまともに触れ合ってこなかったせいか、久しぶりに手を差し伸べられて、ほんの少し期待している自分がいるのも確かだった。

幸い私には、弘海先輩から預かったハンカチがある。今朝もまたきいちゃんに頼もうかと思ったが、さすがに二回もお願いするのは気が引けて、そのままスカートのポケットに入れっぱなしだった。

それを口実に国語ゼミを訪れて、花純先生がいるか確認してみよう。昨日の今日だ。もしあの言葉が本物なら、花純先生のことだからゼミ室にいるはず。いなければ、あきらめて体育館にでも行こう。ギャラリーから下に続く階段なら人通りも少ないので、人目にもつかない。

そんな言い訳を携えて、お昼休みにサンドイッチの入ったランチバッグを持って二階に下りた。中学生から高校生まで、いろんな人が行き交う中を、国語ゼミ室まで進む。

昨日と変わらずそこにある鉄の扉を二回ノックした。

「失礼します……」

声をかけながら重たい扉を押し開けると、奥のほうに花純先生の姿はなかった。

すっと胸元が冷めていく感覚がした。

そっか。やっぱりあの言葉に素直に従ってはいけなかったか。

今日はただ、あの言葉の真意を確認するだけの作業にすぎなかった。だからいなくても、落ち込む必要はまったくない、と自分に言い聞かせる。

先生と生徒の関係は、間に一本の境界線があって成り立っているとわかっていたはずなのに、安堵する反面、寂しさも襲ってくる。

花純先生がいないなら用はない。「失礼しました」と再び扉を閉めようとすると、ドアのすぐ横、生徒机に向かっていた弘海先輩の存在に気づく。

弘海先輩は目を丸くして私を見上げていて、不意にその視線に捕まる。昨日は見向きもしなかったくせに、今日はひどく驚いたような表情をしていた。

その瞬間、ここに来た言い訳も忘れて、思わず『なにか話さなきゃ』と口を開く。

「えっと……」

「花純先生は、英語科の涼子《りょうこ》先生のところに行ってますよ」

想像していたより柔らかい口調でホッとする。

でも、語尾には敬語。ここでも、先生と生徒の一線を示される。

そこで思い出した。この人にハンカチを返すつもりだったことを。

さっさと返して、帰ろう。そしてもう、二度とここには来ないでおこう。

「あの——」

「待ちますか？」

「え？」

ポケットの中からせっかくハンカチを取り出しかけたのに、おもむろに立ち上がった弘海先輩は、隅のほうで畳まれていたパイプ椅子を広げる。

「話し相手に来たんでしょ?」

私が抱えていたランチバッグを指差した。

あっさり私の期待は砕かれたので、居座ることはしたくない。花純先生を待っていたら、試したのは私なのに、試された側になってしまう。これ以上、惨めにはなりたくない。それに、単純に弘海先輩とふたりでいるのは、非常に……。

「気まずい?」

図星を突かれて、口をつぐむ。思わずぎゅっと口を一文字に結ぶと、それに気づいた弘海先輩は軽く笑った。

私はなんて答えるのが正解かわからずに、ドアから顔をのぞかせたまま固まる。

「少し話させて。花純先生が来るまでだから」

優しいのに有無を言わさぬ口調に、私は従わざるを得ない。こんな強い物言いをする人だっただろうかと記憶を引っ張り出してくるけれど、やっぱりふにゃりと表情を崩す先輩しか思い出せなかった。

おとなしくゼミ室の中に入ると、鉄製の扉はガチャンと音を立てて閉じた。逃げ道が閉ざされて、ゼミ室の中には私と、パイプ椅子に手を置く弘海先輩だけ。

「僕に、理由を知る権利はある?」

いきなり本題に切り込まれる。言葉を濁すことなく、弘海先輩はまっすぐに聞いてきた。ごまかしも小細工もきかないというような強い意志が垣間見られ、私は少し怯む。

「……ないです」

弘海先輩は、私の自殺未遂の関係者。でも、その理由を知る権利はない。知ったところで、なにができるというのだろう。状況は変わらない。ハンカチを受け取った時点でその交渉は済んでいる。このハンカチを返せば、もう完全に縁が切れる。

「そっか」

弘海先輩はまたしても、あっさり引いた。

「じゃあ、もうひとつ質問する」

けれど、私をうかがうような物言いはしない。

「あのとき、僕は止めてよかった？」

弘海先輩のきれいな顔が切なげにゆがんで、私は息を飲む。

どうして、そんな表情をするの？　まるで責めるような、後悔しているような感情をはらんでいて。まるで私がとんでもなく悪いことをしてしまったみたいじゃない。

誰かが自ら命を投げ出した現場に居合わせたら、そりゃあ苦しいかもしれない。でも、少なくとも私の場合は死ねば幸せだと思った。生きることが、死ぬよりもつらいことだった。天秤《てんびん》にかけて傾いたほうに従ったまでで、あなたがそんな顔をすることはない。いや、される筋合いはない。

私の決断を否定するような言い方をしないで。誰にだって、選ぶ権利はあるじゃない。

「逃げるなって、そう指図したいんですか?」

「違う」

私が意を決して放った問いかけを、弘海先輩は一刀両断《いっとうりょうだん》した。

抱えていたランチバッグをぎゅっと握りしめると、中でコンビニの袋がガサリと音を立てた。

弘海先輩はパイプ椅子の背もたれに手をついたまま、私を見る。

「あのときの表情が忘れられなくて、僕の判断は間違ったんじゃないかってずっと後悔してたんだ。だから、本当は会うのも怖かった」

怖かった? なに、それ。そのわりには大胆なことしてきた。例えば、脅し、とか。

「じゃあ、この前のはなんだったんですか」

「一種の、賭《か》け」

「賭け?」

それはつまり、私がもう一度死を企《くわだ》てる勇気があったかどうかということ? 結局あのとき死ぬ機会を逃したお前の意志はその程度だったって、そう言いたいの?

「私の覚悟を確かめる賭けですか？」

「違う」

「お前の死に対する覚悟はその程度だったんだよ、って笑うためですか？」

「違う」

違う、の一点張りに、私は感情が高ぶった勢いのまま思わず声を荒げる。

「なら、なんだっていうんですか！」

外に聞こえることなんて気にしなかった。

わからない。弘海先輩の考えていることがなにひとつ。どうしてそんな悔しそうに、哀しそうに見つめられなければならないの。

弘海先輩には関係ない。これまで私の十八年の人生の中で、一年もないほどの接点しか持たなかった彼に、私の葛藤を教える義理もない。理解してもらいたくもない。

憎しみを込めた視線を向けても、弘海先輩は私から目を逸らさなかった。

「本当に死を望んでいる人を僕は止めたりはしないよ。笑いもしない。それが例え家族でも、親友でも、恋人でも。でも『死にたい』って打ち明けてくれたら、きっとその人はどこかでは『生きたい』と願っているだろうから、それなら一緒に光を探したいと思う。でも杏那のことは、僕が勝手に引き留めてしまった。そのことでさらに苦しめたなら、今度は『止めなければよかった』って後悔するだろうから」

止められたとき、様々な思いが去来《きょらい》した。

なぜ私は死ねなかったのだろう。神様は私に生きることも、死ぬことも許してくれないのか。

苦しくて、疲れて。そのまま死ぬ気力さえ失ってしまった。今ここにいる私は抜け殻だ。なにをしても、なにをされても、満たされることはない。周りは私に期待なんかしない。必要としない。

私なんて、いてもいなくても変わらない存在。誰かに気にかけてすらもらえない。嫌われるのも、無関心なのも、どちらもつらい。

「天国はね、いいところらしいよ、杏那」

懐かしい声音に、ハッとなる。そういえば、さっきも私の名前を口にされた。

「だから、杏那はもうそこで休みたいかもしれない。でも、僕は杏那に生きてほしい」

弘海先輩の表情からは寂寥《せきりょう》が消え、柔和と愛しさがにじんでいた。

喉が詰まり、目の奥が焼けるように熱くなる。栗色の瞳にすべてを制御されたように、動けない。逸らせない。

「もし迷ってるなら、生きてみよう。一緒に」

――ガチャリ。

ドアノブが回る音がした。しんみりとした空間に突然入ってきた無機質な音に驚いて仰け反ると、その拍子に踵《かかと》からバランスを崩して後ろに倒れる――と思いきや、パイプ椅子にどかんと尻餅をついた。

すんでのところで怪我《けが》を逃れた私と、「うわっ」と声をもらした弘海先輩。顔を上げると目が合って、弘海先輩はぽんと一瞬だけ私の頭に手を置いた。

入ってきたのは花純先生だった。

「あら、八城さん？」

「あ、あの……」

「てことは、私のお誘いに乗ってくれたってことなのね。お弁当も持ってるじゃない。嬉しい。さ、食べましょ。葛西くんも一緒に食べる？」

完全に言い訳のタイミングを逃した私は、花純先生に促されるがまま、ここにとどまることとなった。しかし上機嫌な花純先生から誘いを受けた弘海先輩は申し訳なさそうに首を振る。

「さっきの時間で済ませました。今から高橋先生のところに用事があるので」

「そうなのね。あ、八城さん、机の上を片付けるから待っててね」

花純先生はデスク上に広がっていた教科書の類《たぐい》を片付け始めた。

「じゃあ、僕はちょっと行ってきます」

「はい、いってらっしゃい」

まった。

弘海先輩はもう一度私の頭をなでると、なにやら支度をしてゼミ室を出ていってし

一瞬だけど弘海先輩が触れたところが熱を帯びて、花純先生に「いらっしゃい」と呼ばれるまで、変な気分で扉のほうを向いて座っていた。

「私と葛西くん、高校二年時の担任と生徒なのよ」

デスクの上にランチバッグを置かせてもらうと、花純先生もカバンの中から風呂敷に包まれた漆《うるし》の弁当箱を取り出した。

「そうなんですか？」

収まらない動悸に気づかれないよう、できるだけ自然に答える。

「うん。教え子と同じ立場になるって、けっこう不思議な感覚よ。八城さんと葛西くんはいつからの知り合いだったの？」

箸入れから箸を取り出して花純先生が聞いてくる。逆に、私がここに来たことに関するいっさいの詮索はなかった。

「中学三年生のとき、仲よくさせてもらってました」

「そっか、三つ離れてるものね。今までも連絡取ったりしてた？」

「いえ、卒業してからはいっさい。だから、先生が思うような関係じゃないです」

「あら、バレた？」

花純先生は教師の顔で笑った。さらに「実は、ちょっと噂《うわさ》になってた時期あるわよ、あなたたち。先生たちの間で」と続けるので、私は首をかしげた。

実際、そんなに親しくしていたわけではない。校内ではほとんど顔を合わせることはなかったし、私たちが会うのは朝のあの十分だけだった。

もしかして、ちょっと接点のなさそうなふたりが話してるからって疑うやつ？　いい迷惑だ。男女で仲よく歩いていても、兄弟だってこともあるだろうに。

「……興味あるんですね」

皮肉を込めてそう言っても、花純先生はまったく気にしていない様子。

「そりゃあ、自分の子どもの恋愛事情に首突っ込む親と同じ感じよ。編入生だったし、クラスに馴染めてなくて心なしか暗い表情していた葛西くんが、あるときからちょっとずつ明るくなって」

ぽんっと疑問が浮かんだ。

「葛西先生って、暗かったんですか？」

「中高一貫でしょ？　それなりにグループもできてるから、打ち解けるのに時間がかかってたね」

弘海先輩はご両親の仕事の関係で、高校二年の秋頃に越してきたことは知っていた。空きができて行われた編入試験を合格した、唯一の外進生《がいしんせい》だった。

もっとも自分からはそんなこと聞かないし、弘海先輩も話してくれなかったから『杏那の仲よくしてる先輩、確か転入生だってよ』と、いつか友達から聞いただけだけど。

でも私が知っている弘海先輩は、平気で後輩に水をかけてくるような、いたずら心のある人。お友達と談笑しながら歩いているのも見かけたことがある。誰とでもそつなく付き合える、普通の高校生に見えていた。

「だから、中学生の八城さんのおかげかなって思うのと同時に。中学生と高校生だから、目をつけてたっていうのもあるね。まあ、なにもやましいことがない、ただの仲よしな先輩後輩ってわかったけど」

なんとなく目を合わせるのが嫌で、バッグからコンビニの袋を取り出す。今日は卵とハム、レタスのサンドイッチ。透明の包装をぺりぺり剥《む》いて、ひとつ取り出す。

「私も明日はサンドイッチにしようかな」という花純先生のお弁当は、三色丼だ。

「でも、決めつけるのはよくないよね。ごめんなさい」

眉を下げる花純先生に、私は首を左右に振った。

「最近ね、よく思うよ。見えることだけを信じるのもよくないなって。なにかに固執して大切なことを見失ってしまうこともあるな、って」

「……固執？」

花純先生はうなずいた。

「『固定観念』とか、平たく言えば『頑固』？　少し見方を変えればいいだけなんだけど、それができない。人間って意外と融通きかないから。受け入れてもいいはずの変化を受け入れられなかったりするのよね」

「……例えば？」

尋ねると、花純先生の瞳がキラリと光った。一瞬、やってしまったと後悔したが、花純先生は口の端をくいっと上げた。

「例えば、そうね。今のあなたたちなら、『こうだ』って自分で決めつけてしまうことかしら。『あなたはこうだ』『私はこうだ』って」

花純先生は持っていた弁当箱を机に置いた。

「今、学校というすごく狭いコミュニティにあなたたちはいて、秩序を保つために、目に見える〝校則〟という制約が存在する。でも、他にも目には見えない鎖があるでしょ。常識とか礼儀とかもそうだけど、それ以外には〝人間関係〟とか、ね」

秩序、常識、礼儀。それ以外に〝感情〟を中心に取り巻く世界が確かに存在する。それは私があきらめようとしていたものだ。

花純先生が言う固定観念とは、人それぞれの間にしかない、共有することのできない価値観のことだろう。

「自分が自分に求めるものと、相手が自分に求めているものの相違はしょうがない。だからって必ずしも相手に合わせる必要はないわ。順応するのは大切よ、だけど〝自分を持つ〟のも大事。大変だけどね」

「……『自分を持つ』って、どういうことですか?」

無意識のうちに唇が動いていた。

相手が求める自分になることがいいのだと思っていた。でもそれは違うと花純先生は否定する。『特別は作らない』『みんなと仲よくする』ことにこだわっていた私は間違っていたのだろうか。

花純先生は「ポイントはそこよ」と人差し指を立てた。

「自分は本当はこうだけど、みんなにとっては違うみたいって感じることない? でもだからといって、『自分はみんなによく思われたいから』って変える必要は必ずしもないのよ。今の八城さんだったら、八城さんは八城さんで自分の道を決めているのに周りの生徒はそれをよく思っていない、とかね」

私立の進学校の授業料はバカにならない。でも、なにも考えずに就職という結論を出したわけではない。勉強がしたくないとか、そんな理由で逃げているのではない。きちんと自分の中で決めたことだった。

「だからいいのよ。八城さんはそのままで。でも、みんなもまだ八城さんを気にしないでいられるほど大人じゃないから、見逃してあげて。彼らも彼らなりに未来を追って一生懸命なのよ。いくらでもここに来ていいから、ね」

終着点はそこだった。

教室で浮いている私は、みんなの心を乱す存在。そんな私に、居場所を提供してくれる花純先生。

正直ホッとした。弘海先輩は私との約束をちゃんと守ってくれている。花純先生はあくまで、今までの経験と私の学校での振る舞いから、そう言っているのだ。

私が意図を汲《く》んでうなずくと、花純先生は安心したように笑って、再び箸を取った。

でも心の中の、根本的なものは解決されない。

花純先生は私が頼っていい存在らしい。だけど、どこまで許される？　どのくらい私は信頼していいの？

当然そんなことを聞けるはずもなく、それから花純先生とは他愛もない話をして、予鈴が鳴る少し前にゼミ室を出た。

弘海先輩は出ていったっきり、昨日同様、私がいる間は戻ってこなかった。意図的に避けるくせに、あんな言葉を投げかけてくるのは、やっぱり意味がわからない。

なんとなく、弘海先輩には近づいてはいけないような気がする。あの瞳に捕まると、あの声が鼓膜を抜けると、胸の奥で鍵をかけたものが開こうとするのだ。だから、もうこれ以上関わりたくはない。

「また、来てね」という花純先生の言葉に、少なくとも弘海先輩がいる間は行かないだろうと思った。花純先生の注意が私から逸れたタイミングを見計らって、弘海先輩に借りていたハンカチを机の上に置いた。

もう、弘海先輩には会わない。そう心の中で決めて、教室へ急いだ。

雨上がりの予感

昨日の悪天候がウソのように、今朝は晴れ空が広がっていた。吸い込む空気は昨日の雨の名残《なごり》などいっさいなく、天を仰げば真っ青で、太陽が嬉々《きき》として照っている。白い鳥が横切ったのを見上げながら、私は今日も花壇へ足を運ぶ。裏門から登校してくる生徒と私の足音に混じって水の音が聞こえてきた。

きいちゃん、今日は部活早く上がったのかな。そう思いながら角を曲がると。

「え！」

弘海先輩が散水ノズルを持って花に水をかけていた。

思わず驚きが声となって出て、慌てて物陰に身を隠すが遅く、水音が止まる。

どうしてこの人がいるの？　もう会わないつもりだったのに。

建物の陰から顔だけ出すと、一昨日の態度とか昨日の発言とか全部忘れているように弘海先輩は笑顔を向けてきた。

「驚いてるね」

「………………」

表向きの笑顔が気持ち悪い。なにを企んでいるかわからない。心の中が読めなくて怖い。

「久しぶりに様子を見に来ただけだよ」

弘海先輩が指差したのは、アガパンサスのプランター。植えたのは、彼だった。ひとつ植えても景観は変わらない、と理由を付けて花屋で苗を買ってきて、体育館倉庫の辺りに転がっているプランターを持ってきたのだ。隣のひまわりも、きいちゃんが同じような理由で育てている。アガパンサスの植え付けは秋だが、開花時期は初夏だから、弘海先輩は結局見ることのないまま卒業してしまった。

「それと、謝りたいことがあって」

弘海先輩はそう言って、水やりを再開した。

アガパンサスに雨が降る。みるみる土が湿って、花弁はキラキラと輝く。

太陽を背に受けて、彼の横顔がはっきりと見えない。

「初めて会ったときに水かけたこと」

「……は？」

あまりの突拍子のなさに、眉根が寄る。

「あのとき『風邪引かなかった？』とは聞いたけど、結局謝ってなかったなって」

なにを言われるのか身構えたのに、拍子抜けした。

空気のような声が出て呆気にとられた私を一瞥した弘海先輩は、「そういう魚いる」と笑った。

「謝ったっけ？」

「…………」

正直謝られたかどうかも怪しい。そもそもそんな些細《ささい》なことまで覚えていない。だってもう、三年も経つのだ。

とりあえず答えもせずに黙っておいた。もう関わる気はないという意思を示したつもり。

それでも弘海先輩はお構いなしに「あのときはいきなり水かけてごめん」と再び謝ってきた。

「タイミング逃しちゃって、そのままだったから」

「……タイミング？」

「謝るよりも先に体のほうが心配で」

どうしてそんな昔のことを引っ張り出してくるのか、意味がわからない。ていうか、むしろどうでもいい。

「で、このタイミングですか？　私はてっきり――」

「先週のこと、謝ってくれるだろうって？」

にわかに動悸が高まる。カコンと水が再び止まる音がして、咄嗟《とっさ》にうつむく。

タイミングなんて言葉を使われたものだから、先週のことが思い出されて口走ってしまった。タイミングなら、私も逃した。あなたのせいで。

ぐっとスクールバッグの柄を握る手に力が入る。

そうだ。あのときのことを謝ってくれるかと思った。だって昨日言ったじゃない。止める気はないって。家族でも、友人でも、恋人でも。謝ってくれたらもう邪魔されないとわかって、私は前に進めるのに。

ノズルからあふれた水がポタポタ垂れて、弘海先輩の革靴のつま先を濡らしているのが見えた。

「そういえば、昨日の返事考えてくれた？」

「返事……？」

こっちを振り返った気がして、全神経が耳に集まる。

「僕と一緒に生きてみる、って話」

昨日のことが頭に巡るけれど、私は知らないふりをする。あの言葉は、考えるようなものだった？　私の中では決まっている。それに、私が生きてても弘海先輩にはなんのメリットもなければ、デメリットもない。

私がただただ、損をこうむっているだけの今の状況と善人のような物言いに、反吐《へど》が出そうだ。

「言ってる意味がわかりません」

「わかってるはずだよ」

「わからない。なんで。どうして？　関係ない。私の人生に、あなたは関係ない」

「関係なくないよ」

ほら、また。

『関係なくないよ』。その言葉を引き金に、私の激情を抑えていたたがが外れた。全身の毛が逆立つように、カッと体が熱くなる。目の前が真っ赤になって、ここが学校であることも忘れて声をあげた。

「関係ない！　私は生きてても生きてなくても関係ない存在。なんの利益にもならなければ、迷惑もかけてないのに。どうして私にそんなに構うの？　赤の他人になにがわかるの！」

いくらあのとき親しくしていたからといって、そこまで干渉してこないから〝先輩〟として関わっていたのであって、胸の内まで共有したいなど思ったことは微塵《みじん》もなかった。大体、他人に他人の心など――。

「自分の存在が赤の他人に影響してないと思ったら、それは大間違いだよ」

口調は優しいのに、ゾッとするような強い声音。さっきまで火照《ほて》っていた体は、冷水を当てられたように一気に体温が下がる。反射的に顔を上げると、弘海先輩は静かに私を見下ろしていた。その目には怒りというよりも、悲愁《ひしゅう》の情がうかがえた。

「信号無視をする人がいたら？　ポイ捨てする人がいたら？　勘違いして真似する人が出てくるでしょ？　まったくの赤の他人が、赤の他人を知らないうちに影響するんだ。それが連鎖して、負のスパイラルを起こす可能性はどうしてもあるんだよ」

それは私の自殺未遂のことも指しているの？

生まれた疑問をすぐに投げつけたかったが、弘海先輩は一気にまくしたてる。

「でもお年寄りに席譲る人を見かけたら？　公共の場で率先してゴミ拾いをやってる人を見かけたら？　なにも知らない赤の他人がやっていても、自分もそんな人でありたいと思うこともあるでしょ。なら、関わりのある人だったらどう？　自分に一度でもなんらかの形で関わりのあった人間になんの影響も受けなかったって、言い切れる？」

私は半ば圧倒されて、ぐうの音も出なかった。弘海先輩の言葉からはどこか切実さがうかがえて、口を挟む気にもなれなかった。

「人はみんな知らずに誰かに影響してるんだ。行為だけじゃなくて、身なりとか性格とかも全部。だから、八城さん自身も誰かに影響を与えている人間なんだよ、現在進行形で」

「……それじゃあ、私が死んだらみんなの迷惑になるって言いたいんですか？」

「違う。そういうことじゃない」

「でも、そんなふうに聞こえる」

食い下がると、弘海先輩は眉を下げた。表情が少しだけ和らいで、私の動悸も多少収まる。

「誰かは迷惑って思うかも。それに同じことを繰り返す人がまた出てきて、それを迷惑と思う人もいるかもしれない。でも、僕が言いたいのはそこじゃない」

弘海先輩はきっぱり断言すると、私をまっすぐに見つめてきた。

「僕が伝えたいのは、杏那がいなくなってしまったら、僕はすごく悲しいってこと」

私を咎《とが》めるようなものではなく、自分を責めているような表情だった。

弘海先輩がそんな表情をする理由がわからなくて、胸がざわざわと音を立てる。

「毎日怖かった。もしかすると今日こそ登校してこないかもしれない、って。今日も本当は、そこから顔が見えるまで生きた心地がしなかった」

「……ウソ」

「本当だよ。僕があのとき止めたことが、もっと大きな傷を負わせていたらと思うと夜も眠れなかった」

気休めならいらない。憐《あわ》れみなんてけっこう。とにかく私に関わらないでほしい。期待して痛い目を見るのは私なのだから。

「そんなの、詭弁《きべん》です」

「どうとってもらっても構わない。でも杏那にまた会えて僕は嬉しい。こんな言葉も、もしかしたら枷《かせ》になる？　なら撤回するけど、ただ……」

弘海先輩が息を吸い込むのに倣って、私も呼吸した。今まで自分が息をしていなかったことにようやく気づいて。彼の眼差しがあまりにすがるようなもので、目の奥が熱くなって。

弘海先輩はとても温かに、あの頃のようにふわりと笑った。

「杏那は僕にとって、どうしようもなく愛おしい存在だったんだ。そのことだけは覚えておいて」

もうどうすることもできなかった。私の中で積み上げていたものがガラガラと崩れ去っていく。

だから、近づいちゃいけないと思っていたのに……。

取り乱して叫びたいほどに体が震えて、しかし『私、泣いてる』と客観的に分析できるほどに冷静でもあった。

気張らなくてもいいのだ、我慢しなくてもいいのだと、暗に言われた気がした。

今まで学校で泣いたことなんて一度もなかったのに。私はやっぱり、弱い人間になってしまったみたい。

今日きいちゃんがこの場にいなくてよかったと、心底安堵した。

「……怖かった。ずっと。……今もすごく、怖い」

本当は自分の胸の内なんてさらけ出すつもりはまったくなかった。どうせ打ち明けたところで理解してもらえるはずないから。言い損に終わるくらいならと心の奥深くに溜めこんでいた。

でも今なら、弘海先輩なら、私の言うことを受け止めて秘密にしてくれるんじゃないか。そんな期待が生まれてしまい、心の中で肥大化していた思いをぶちまけてしまいたくなった。もう、限界だった。

「人との距離感が掴めない。どこまで踏み込んでいいのかわからない。近づきすぎたら関係性が壊れてしまうのをよく知ってるから、人と接するのが怖い。人を好きになるのが怖い。人を信じることができない。こんな私は、いらない人間なんです」

人は自分が思っているよりも相手のことなど気にしていないのだから、自意識過剰だと言われるかもしれない。

それでもいつも、相手は自分のことをどう思っているだろうと恐れていた。今は一緒に笑っていても、明日には愛想を尽かされるのではないかと、毎日怯《おび》えていた。友達が離れていかないような自分を作るのに必死で、本当にありたい自分がわからなくなってしまった。

「いらないなんて言わないで」

「いらないよ。こんな人間、友達になりたくなくて当然。信じられないと思って当然。だって、私は信じてあげられない。どうしたってその先を恐れて、仲よくなんてできない」

　相手に期待して、それが壊されるのかもしれないと考えると怖い。だから、相手を信じることができない。そんな私はこの世界に必要ない。

「杏那はそんな子じゃないよ」

「私はそんな子です」

「そうやって自分を決めつけないでよ」

「だって――」

　弘海先輩は涙を拭うのに必死だった私の手を掴み、彼を見るよう下ろさせた。

「好きになれないなんて決めつけないで。過去のトラウマを引きずるな、なんて言わない。だって忘れられないことだ。いつも脳裏にあって、ふと思い出して、弱くなってしまうのはわかるよ。でもいつまでもそれに固執してしまうと、ますます自分の気持ちが封印されて、それは……かわいそうだ」

「……かわいそう？」

　弘海先輩はつぶやくように「うん、かわいそう」と繰り返す。変わらない高さにあった栗色の虹彩が、光に透けて琥珀色《こはくいろ》に見えた。

「杏那がかわいそう。必ず素敵な出会いがあるはずなのに、道を閉ざしている」

「そんな出会い……見つかりっこない」

「杏那が固執している間はね。でも今、それが少し解けたじゃない」

弘海先輩はいつかのようにハンカチを出して、私の顔を拭った。こんな現場、今日は休日じゃないのに誰かに見られたらどうするのだと思いつつも、注意できないほど体中から力が抜けていた。私のまぶたからも頬からも涙を拭い去ると、弘海はそのハンカチを自分のポケットの中にしまった。

「今、僕に話してくれた。それが、そうじゃない？」

勢いに任せて吐き出した心の内。ずっとずっと秘めていて、誰にも話さず墓場まで持っていくつもりだったのに、弘海先輩を前にして我慢できなかった。

でも、不思議とスッキリしている自分もいた。口に出したことで、なんとなく燻《くすぶ》っていたものが整理された気もする。

昨日花純先生に言われた言葉がよぎった。

「杏那は変われるよ。信じたい、信じられない、信じてほしい。どの立場もわかる人間だから、きっと変われる。人を好きになって、自分も好きになれる。少なくとも今、僕のことを信じたでしょ」

「……信じてない」

私は唇をぐっと噛んだ。

信じたわけじゃない。信じたから打ち明けたわけじゃない。でも次の彼の言葉に、心の奥に巣食っていたみにくく暗い感情が少しずつ晴れていく予感がした。

「なら、信じて」

言葉が光の矢となって心の臓を射るような、清々しい音がした。

「信じてほしい。信じてみてよ」

「無理。絶対無理」

「じゃあ、僕がここにいる間だけ、時間をちょうだい」

私は首を左右に振る。

「無理だって」

「じゃあ、三日。今週だけでいいから」

「だから――」

「杏那に生きていてほしいんだ」

周囲を気にしていたはずなのに言葉も崩れきって、いつの間にか弘海先輩は「杏那」と私を呼ぶ。

生きてほしい。そう言われたことに、固めていたはずの決心がぐらりと揺らぐ。

私は、本当は誰かにずっと必要とされたかった。この世に存在していいのだと、肯定してもらいたかった。そして、誰かの特別になりたかった。

いつかは訪れる別れも、ちゃんと受け入れる。ただ、そのときにはひとこと欲しかったのだ。私といた時間が相手にとって少しでもよいものであったのか、知りたかった。なにも言わないでいなくならないでほしかった。

「……私は、生きてほしいと願われるほどの人間じゃありません」

つまるところ、私はそんな存在になり得ない。

あまりに直接的な弘海先輩の言葉は私には受け止めきれなくて、目を逸らす。けれど彼はどうやら私を逃す気がないらしい。

「僕にとっては、そうだよ」

弘海先輩は私をのぞき込むように言った。

そういえば頑固な人だったと思い出す。プランターのアガパンサスだって、弘海先輩が春に見られないことを考慮してパンジーを提案したのに聞かなかった。

「でも私が人を好きになれないのは、私に大いに過失がある。私と関わったら疲れるのはそっちで、きっと私から離れていく。そのとき、今の言葉を後悔しますよ」

「しないよ」

「言い切れるんですか？」

疑いの眼差しを向ける私に、弘海先輩は明言した。

「もちろん。だから僕を信じてみてよ。あのときだって、約束したじゃない」

「約束？」

そんな約束、したことあっただろうか。

思い巡らすけれど、すぐには出てこなくて、そしたら弘海先輩はふっと悲しげに笑った。

「いいよ。ゆっくり思い出してくれれば。急かさないし、いくらだって待つ。だから、お願い。もう少しここにいてよ」

私が生きていることで弘海先輩にとって益になるものがあるとは到底思えない。なのにどうしてこの人はこんなに私を望んでくれるのだろう。

優しい言葉の裏に別の真意が隠されているのではないかと瞳の奥を探ってみるけれど、そこにはただ穏やかな琥珀色がたゆたうだけ。今にも泣いてしまいそうなほど切ない表情をする弘海先輩が演技をしているとは考えにくかった。

……私は、ここにいてもいいのだろうか。そんな思いが生まれる。

本当は寂しい。花壇で過ごすひとりの時間は、自分にとって大切な時間だ。でも誰かと笑って話がしたい。今日の出来事を語り合いたい。自分のことを特別だと思ってくれる人に、そして自分が特別だと思える人に出会いたい。

それはもう少し時間が経てば手に入るものなのだろうか。私があきらめなければ、そんな相手に出会えるのだろうか。私が信じたら、弘海先輩はその人になってくれるのだろうか。

「……先生」

「はい、なんでしょう」

改まって呼べば、先生面《せんせいづら》する弘海先輩。

「……でも、ここにはもういられないみたいです」

「えっ……？」

「多分、時間だから」

私は自分の手首を指差して、時計の意を示す。遠くのほうからしていた朝練の声がいつの間にか止み、バタバタと生徒たちが急ぐ足音が聞こえていた。私は、いつも大体八時二十分辺りに登校しているけれど、おそらく時間はけっこう経っている。

弘海先輩は私の仕草に我に返ったようで、一度ズボンの右ポケットに手を突っ込み時計らしきものを確認したかと思えば、すぐさまそれを戻した。その瞬間、安堵したような表情が見受けられたのは気のせいだろうか。弘海先輩は左ポケットの中から携帯電話を出して時刻を確認した。

どうして今、わざわざ時計を確認してから携帯電話を取り出したのだろう。

咄嗟に疑問が湧いたが、「やばい、あと五分！」と慌てる弘海先輩に聞きそびれる。

ホースをぐるぐると手早く蛇口に巻きつける弘海先輩。急いでいても仕事は丁寧だった。そのあと手を洗って、ポケットからハンカチを出そうとする。

私はその前に、自分のハンカチを目の前に差し出した。

弘海先輩は私を見上げて目を丸くした。

「これ使ってください」

「え？　いや……」

「代わりに、先生のハンカチください」

どうして？　と首をかしげる弘海先輩に私は答える。

「明日、必ず返しに行きますから」

信じるなんて、まだ約束できない。でも少しだけ、あのときあきらめたすべてをひとつずつかき集めて、もう少しだけ頑張ってみるのも悪くないかもしれない。信じてくれる人がいるのなら。例えそれがひとりでも、いつかはいなくなってしまう人でも。

弘海先輩の顔がパッと明るくなる。そして私からハンカチを受け取ると、ポケットにしまった自分のハンカチをくれた。

「今日のお昼も、ゼミ室に来る？」

「今日は……ちょっと用事があるので」

昨日の放課後、図書室の先生に雑用を頼まれたのだ。そのことを花純先生は知っていて、だから今日はもともと行く予定がなかった。

弘海先輩があまりにもあからさまに落ち込むので、言い訳しようとしたけれど……。

「じゃあ、また明日」

気を取り直したように満面の笑みを向けてくれた。

結局、始業のチャイムが鳴っても私たちは花壇にいて、またしても非常階段を使って三階まで駆け上がる羽目になった。

私も花純先生が教室に入るギリギリになんとか滑り込んで、出席簿に遅刻がつけられるのは免《まぬが》れたが、みんなが席についている中にバタバタと駆け込んだのは当然よく思われなくて、あからさまな嫌悪の態度が伝わってきた。

いつもならそのことに落ち込んで暗い一日をスタートさせるのに、頭の中はもう明日のことでいっぱいで気にならなかった。

＊＊＊

木曜日の今日は昨日の約束通り、お昼はゼミ室にお邪魔した。生徒に講義をお願いされて花純先生が退室すると、弘海先輩は「そういえば」と私に問いかけた。

「畠本さんとは、いつからの友達なの？」

昆布おにぎりの最後のひと口を放り込んだ私は、たくあんをコリコリと咀嚼する弘海先輩に首をかしげた。

弘海先輩の背後に見える机の上には、私が返したハンカチが置いてある。私のリネンのハンカチも、ちゃんと戻ってきて今はポケットの中。

どうして突然きいちゃんの話題？　と不思議に思ったが、そういえばハンカチを返してほしいときいちゃんに頼んだのは私だった。

「友達、なんですか？」

「え、友達じゃないの？」

唐揚げの最後のひとつを頬張って目を丸くする弘海先輩は、私の返事に「そうかあ、そうなのかあ」と繰り返して、割り箸を半分に割った。

きいちゃんとはあの花壇で一緒に水やりしてしゃべるだけの仲だ。

今日もやってきたきいちゃんは、『昨日食べたブロッコリーに芋虫がついていた』となんとも反応しづらい話題を提供してきた。それに私は一応『次からは確認したほうがいいね』とあたりさわりのない返答をしたが、この間に笑いなどいっさいない。

むしろ、きいちゃんと笑顔で言葉を交わしたことはない。彼女が持ってくる話題に私がなにか答えるという、淡々とした会話をするのが私たちのお決まりだった。

だから私たちの関係を強いて表すなら、『ただの先輩後輩』が適切だろう。それを『友達』と呼ぶのはなんだか違う気がする。

「じゃあ先生は、なにをもって〝友達〟と定義しているんですか？」

「……定義？」

弘海先輩の目線は宙をぐるりとさまよい、空になった弁当箱の上に落ちた。

「ない」

「え？」

自分の眉間にシワが寄ったのがわかった。

弘海先輩は、お構いなしに空箱を片付ける。

「フィーリング、かな」

仮にも国語教師が横文字を使って、そんな適当な回答をするなんて……。

拍子抜けしていると、弘海先輩は続けた。

「まあ、自分で聞いておいてなんだけど、でも正直曖昧だよね。自分が思ってても相手は違うことだってあるし。恋人なら告白から付き合いがスタートするけど、友達は〝気づいたら〟っていうパターンが多いでしょ。気づいたらいつも一緒に行動してて、気づいたら当たり前のように連絡とってて、気づいたらなんか遠出までする仲になってた、みたいな」

確かに私も、気づいたら美紀と一緒にいた。いつの間にか教室の移動もどちらかを待っていたし、放課後にも休日にも遊びに行って、いろんな話で笑い合っていた。そして気づいたら、裏切っていた。

「将来的には、家族の次、パートナーの次、恋人の次って、友達の順位って低くなるようでさ。だから、人生においては一番刹那的《せつなてき》な存在」

「なんかそれ、いてもいなくても変わらないって言ってるように聞こえます……」

「違うよ。だからこそ一番大切なんじゃないかって思うんだ」

弘海先輩は私に『そうじゃない？』と聞いてくる代わりに、首をかしげた。

弘海先輩のよくやる癖。少し不安に思うことがあると、必ず首を傾ける。成人した男性のはずなのに、可愛《かわい》く見えるから不思議だ。

「私は……」

うまく答えることができずに私は言葉を濁した。

私は美紀も芹澤くんも傷つけてしまった。自分が傷つかないように選んだ方法は、結局他人を傷つけて、私が一番大切だとする人にも見捨てられるような罰が下った。

だから気軽に、『友達』『大切だった』なんて言えない。

「杏那」

弘海先輩の声は穏やかで、とても耳障りがいい。がんじがらめに鍵をかけた箱を猫じゃらしで開けてしまうような甘さがある。私はどうもこの声に弱くて、名前を呼ばれるだけで涙が出そうになる。

「いいんだよ。覚えておけばいいんだよ。苦い思い出全部。忘れないでおく。でも固執するんじゃない、覚えておくんだ。そしたら次はうまくいくはず。人間は学習する生き物だから」

弘海先輩の言葉はどこか達観していて、三つしか変わらないはずなのに、いくつも年上みたいだった。近くにいるのに遠くにいる気がして、私は少し焦って聞いた。

「先生も、そんな経験したんですか?」

「取り返しのつかなくなるようなことを、ね」

美しい漆黒の瞳が潤んで見えるのは気のせいだろうか。だけど弘海先輩は、一瞬見せた憂いをすぐ笑顔の下に隠してしまった。

「じゃあ、それを踏まえて。畠本さんって、どんな存在?」

さっきと質問が変わる。

きいちゃんは、私にとってどんな存在? 今まで考えないようにしてきたから、いきなり投げかけられても困る、というのが正直な感想だけど……。

「なんでそれを言わなきゃいけないんですか」

詰まるところはそこだ。私が相手をどう思っているかなんて、わざわざ弘海先輩に教える必要はない。

「だってきっと、畠本さんは杏那にとってただの後輩とは違うはずだから」

答えになっていない言葉を返される。

弘海先輩は催促しないが、私がどんな答えを出すのか興味津々の様子。さっきから
ニコニコと笑顔を絶やさないので少し気持ち悪いが、嫌味な感じはしなかった。

だからちょっと考えてみようという気になった。きいちゃんは私にとってどんな存在かを。

きいちゃんは、今でこそほとんど毎日顔を合わせるけれど、最初の頃はふらりと朝来ては、何日も顔を見せなかったり、また忘れた頃にやってきたりする、気まぐれな子だった。呼び名だって『きいちゃんと呼んでください』の一点張りで、きいちゃんの本名を知ったのは高校二年の初夏、知り合って半年経った頃だった。

それが今は、『今日の授業はダルい』とか、『顧問の栗林《くりばやし》先生が厳しい』とか、他愛のない話をして、花壇の水やりや手入れを一緒にするような仲だ。

どうせこの子もいなくなるのだろう。そう考えて自分のほうから積極的に相手にはせずに、受け身で適当に付き合っていたのに、もう知り合って一年以上が経過している。それを『親しい』と呼んでもいいのだろうか。

「そしたら、質問変えようか」

「え？」

「じゃあ、僕は？」

答えかねている私に、弘海先輩は別の質問をしてきた。

「僕は杏那にとって、どんな存在だった？」

「えっ……？」

――キーンコーン、カーンコーン。

タイムアップを知らせるように予鈴が鳴ってハッとする。スピーカーのほうを見上げると、壁にかかる時計が目に入って、それは午後一時半を指していた。

五時間目が始まるまであと十分。もう一度弘海先輩を確認するが、カバンの中を漁《あさ》って、もう私のことなど見ていなかった。

「八城さん、五時間目なに？」

「えと、数学です」

「移動じゃん。じゃあ、そろそろ行ったほうがいいね。遅刻しちゃう」

「そう、ですね」

数学は、能力かつ志望別にクラスが振り分けられる。使う教室は上のクラスから順にA組、B組、C組、D組、多目的室なのだが、私は就職希望でも数学はよくできるほうなので上から二番目のクラス。教室は自分のホームルーム教室だから移動はほとんど必要ない。

ところで、今投げてきた質問はなんだったのだろう。

何事もなかったように振る舞う弘海先輩に、心がさわさわと波を立てる。

しかしこれ以上、長居もできない。私はあきらめて立ち上がり、パイプ椅子を片付けた。

「それじゃあ――」

「明日は一緒に食べられないのが残念だね」

背を向けてゼミ室を出ようとしたところで弘海先輩の声に呼び止められ、ドアノブに手をかけたまま振り返った。

「どうしてですか？」

一緒に食べるってほどの量を私はいつも持ってこないけどな、と心の中で答える。ちなみに今日の私の昼食は、家の近くの早朝から営業しているパン屋さんのコロッケパンだった。

五時限目に授業のない様子の弘海先輩は、机に体を預けて私を見上げる。

「陸上競技大会でしょ？」

「……あ」

「忘れてた？」

うなずくまでもなく、弘海先輩はおかしそうにした。

完全に忘れてた。学校行事にわくわくすることなんて久しくなかったから、記憶から抜け落ちていた。

この学校は中学高校共に三年に一回、九月に文化祭と、三年に二回、六月に陸上競技大会が催される。今年は陸上競技大会の年だ。

基本的に全員参加の種目は午後の最終種目である学級対抗リレーだけで、あとは運動のできる人間による個人種目の競い合い。運動が苦手な人間や、興味のない人間にとっては最高に暇な学校行事だ。

それなりに高順位だと学校側から景品が出るので、体育担当を担任に持つクラスはもちろん、各クラスも体力自慢がこぞって参加する。言わば運動部と、運動が好き、あるいはできる人のための祭典。私にしてみれば、晴空の木もれ日の下でみんなが騒ぐのを見ながら弁当を食べるだけの日だ。

「借り物競走に出るんですか？」

毎年この時期にやるのは、教育実習生の思い出づくりとも聞いたことがある。先生対抗借り物競走にクラス担任の代わりに出る、というのがお決まりだ。特に弘海先輩のクラス担任は、体育担当の高橋先生。しかも強豪と言われるハンドボール部の顧問でもある。

私の問いかけに、弘海先輩の顔が苦くなる。

「そう。高橋先生に『お前はその若さで絶対に一位取れ』って。……無茶でしょ」

尻すぼみに弘海先輩は弱々しくつぶやいて、ため息をついた。

先生対抗借り物競走は、名物種目。毎年難題のお題に悩まされる先生が見ものだ。お題の例としては、『ツインテール』とか、『右目下にホクロがある人』『ニーハイの人』『赤縁メガネ』『シックスパック』などなど。

順位が決まるのに時間がかかるし、過去には一位すら決まらない年もあったとか。特にクラスを受け持つ先生が一位を獲得すれば、一気に十点がクラスの得点として入るので、生徒はもちろん、貢献したい先生たちの意気込みもすごい。なので教育実習生たちは、そんな先生の思いも背負ってレースに挑まなければならないのだ。

弘海先輩は、この学校に入るまでは陸上部に所属していたと昔に聞いていたから、アピールの大一番では？　と思うけれど、どうやらそういうことではないらしい。確かに、あれは半分運だ。

「無理難題ですよね」

「いつも誰が決めてるんだろう」

「生徒会らしいですよ」

「恨む、ひどい。無理ぃ」

完全にうつ伏せて、唸る弘海先輩の駄々《だだ》をこねる子どもみたいな姿に思わず笑うと、ジト目で睨まれた。

それじゃあ、と私はひとつ提案を持ちかける。

「私と賭けしませんか？」

「賭け？」

「賭けは先生の専売特許でしょ」

腕をだらりと下げたまま、弘海先輩は顔だけ上げる。

「一位を取れなかったら、私にコンビニアイスを奢《おご》ってください」

「そんな安っぽい賭けでいいの？」

「私、明日は超絶暇だし、制約あったほうが楽しみが増えませんか？」

なにもすることがないから、ひとつ楽しみが欲しい。ただ見てるだけでも面白くないし。

「じゃあ、もし僕が一位を取れたらなんかある？」

私との賭けなんてなんの利益も生まないから乗ってくれるかはわからなかったけれど、弘海先輩は上体を起こして予想外に食いついてきた。

「例えば？」

「ひとつお願いを聞いてもらう、とか」

「お願い？」

「大丈夫。道徳はきちんとわきまえる。あ、ほら、もう行ったほうがいい」

壁の時計を指差す弘海先輩。授業開始まであと一分ほどだった。

「わ、本当だ。じゃ、失礼しました」

「うん。また明日」

ひらひら手を振る弘海先輩に会釈して、ゼミ室を出る。

体育館のほうからバタバタと駆けてくる生徒、体育館のほうへ急ぐ生徒が左右に流れていく。廊下は走っちゃいけない決まりだけれど、今は時間がないので私も小走りで生徒会室の前を通り過ぎ、三階に上がった。

不思議だ、とても。三年前、弘海先輩とは花壇に水をあげながら、今日は暑いとか、花がきれいだとか、明日は雨が降るとか、世間話程度の言葉しか交わしてこなかったのに。今は普通に自分のことも話して、弘海先輩の話も聞いている。

いろいろバレてしまって吹っ切れたのか、素直に相手に自分の考えを言っている自分に、ちょっと驚いている。明日のことを思って少しだけ足取りが軽いように感じられるのも、久しぶりのことだった。

笹舟の行方

に高くない。

雲ひとつない青い空。風があって比較的爽やかな、初夏の日。気温も今日はそんな

中高いっせいに行われる陸上競技大会は、毎年学校から七キロほど遠くにある陸上競技場を貸し切って行われる。

走り高跳び、やり投げ、幅跳び、短距離、中距離、長距離、リレーなど、個人種目やグループ種目がいろいろある。出場選手はみんな準備運動を念入りに行い、それ以外の生徒は午後のクラス対抗リレーまで友達としゃべったり、自分のクラスの応援に行ったり、各々だだっ広い陸上競技場で思い思いに過ごす。

かくいう私は、去年も今年も個人種目にエントリーしていない。クラステント内にも、私の居場所はない。いや、場所自体はあるけれど、私の心境的な問題だ。

貴重品は朝の時点で先生に預けてあるから、水筒と弁当だけが入ったナップザックを背負い、フィールド内を囲うように立つ木の下で、滞りなく競技が進行されているのを俯瞰《ふかん》していた。

生徒たちの歓声と場内に流れるアナウンスを右から左に、午前中は本当にただひたすら暇な時間を過ごした。木もれ日の中、六月の風に吹かれて、あまりの居心地のよさに時々船を漕《こ》ぎながらやったことといえば、弘海先輩を探すこと、くらい。

最初に見つけたときは、女生徒に囲まれて談笑していたが、弘海先輩は基本的に本

部テント周辺にいて、時々審判として駆り出されながら、自分の受け持っているクラスの応援に駆けつけていた。

白い肌に映える栗色の髪は日に透けて輝き、背丈があるから、なんの変哲もないスポーツウェアを着ているだけなのに、ただ立って腕を組んでるだけでも様になるなあ、なんて妙に感心する。

同時に、なんだか複雑だった。昨日の弘海先輩の問いかけが頭から離れなかったのだ。

『じゃあ、僕は？』

チャイムに遮られて真相を問い詰めることはできなかったけれど、あの問いにはなにか含みがあったのだろうか。はたまた、ただの気まぐれか。

私が中学生のときは、弘海先輩との距離はその他大勢よりは近かったと思う。平等に接していた中のひとりだったし、部活動に所属していなかった私にとっては唯一、〝先輩〟と言える存在だった。当時に同じ質問をされたら、なんの迷いもなく『先輩です』と答えていたはず。

でも、昨日は少し考えてしまった。〝先輩〟というのは立場的にそうであるからで、つながりを考えたときにはわからない。かといって馴れ馴れしく〝先輩〟と呼ぶには今は接点がなさすぎる。それに、あのとき質問を続けなかったことも踏まえて、線を引かれた気がした。

それはきっと、私たちの関係がそれなりに親しかった〝先輩後輩〟から変わってしまったことによるものだろう。でもそれ以前に、弘海先輩が自身の前に立てている壁のようなものもある気がする。

その理由も探せるかと思って、私は弘海先輩を目で追っていたが、見ているだけでは当然わかるはずもない。中学生のときには気づいてもらった視線も、今日はまだ一度も返してもらっていない。

これが〝先生と生徒〟ということなのだろうか。それとも……。

「杏那先輩ー！」

声が聞こえて、顔を上げる。首を伸ばすと、真っ赤な布地に、胸元に白いフォントで【一C】と書かれたクラスTシャツを着たきいちゃんが大きく手を振って私のところに駆けてくるのが見えた。私は手を振り返す代わりに笑ってみせた。

「こんにちは！」

声が弾んでいるきいちゃんは、この行事を楽しんでいるようで、すでに鼻の頭がちょっぴり日に焼けている。

「こんにちは」

「杏那先輩はなんにも出なかったんですね。一覧表に名前がなかった」

「ああ、うん……そうだね」

本当は、五十メートルを七秒前半で走れる脚力を持っているけれど、短距離はクラスの別の子が出場することになった。

「きいちゃんは？」

尋ねると、きいちゃんは残念そうに口をへの字に曲げた。

きいちゃんのクラスは体育会系の生徒が集まっていて、種目争奪戦が激しくなりそうだと、四月に聞いたのを思い出す。

「短距離に出たかったんですけど、じゃんけんで負けました。だからリレーで見返します。そういえば、今日はいいもの持ってきたんですよ」

そう言って、背負っていたナップザックから黒いカチューシャを出した。ベージュのファーのネコミミが付いている。耳自体は小ぶりだけど、正直派手だ。

「……ネコミミ？」

「そうです。三Bのクラスシャツはピンクでかわいいし、杏那先輩、絶対似合うと思って」

すごい真顔で断言されて、事の重大さを一瞬忘れそうになった。

「つけないよ？」

いくら私のクラスTシャツの色がピンクだからって、そんなのつけていたら、間違いなく浮かれているやつ認定を受ける。ただでさえ村八分なのに、もっと気まずくなる。今日だって一日時間を取られるからと、三年生の中には単語帳を開いている人もいるというのに。

けれど、きいちゃんは聞く耳を持たない。

「私もウサミミつけるので、恥ずかしくないです！　大丈夫です！　それに、クラスごとにもハチマキやリボンをつけたりしてるじゃないですか」

なにが大丈夫なのか、該当する生徒を『あっちにも、あっちにも！』と示したあとで、きいちゃんは自信満々にウサミミも取り出した。右手にふたつ派手なカチューシャを持って、ネコミミのほうを私に差し出してくる。

そもそもどうしてこんなお祭り騒ぎ感満載なカチューシャなんて持ってきたのだろう。確かに、おそろいのハチマキを巻いている生徒や、頭のてっぺんにリボンのカチューシャをつけている男子中学生の姿も見受けられるが、それはクラス単位で合わせて持っているものではないのか。

「ていうか、どうして？」

「今から先生対抗の借り物競走があるじゃないですか。お題箱の中にウサミミだかネコミミって書いてあるのを見たって聞いたので、持ってきてみました」

「きいちゃんの担任がそのお題を引くとは限らないじゃん」

「でも引かないとも限りませんよね？　別の先生が当てた場合は点数の半分くらいはもらえるように交渉します」

抜け目がないというか、しっかりしているというか。でも、わざわざ私がネコミミをつける必要もない。クラスの子に協力してもらえばいいのに、と思いつつも「まあ半分は、ネコミミつけた先輩と写真撮りたいという私の願望です」なんて可愛いことを言われたものだから、渋々《しぶしぶ》ながらも了承した。

この子は〝ただの後輩〟だ。それは十分理解している。けれど、数少ない〝友達〟と呼べるかもしれない後輩の頼みならば、無下《むげ》にもできるまい。

「そう来なくっちゃ」とはしゃぐきいちゃんに腕を引っ張られるまま、アウトフィールドに降りていった。

《まもなく、先生対抗借り物競走を行います。参加する先生方は本部前に集まってください――》

競技の開始を知らせるアナウンスが場内に響き渡る。それぞれの場所にいた先生方は、生徒たちに背中を押されながらエントリーをするために本部前に駆けていった。

生徒もぞろぞろと移動して、インフィールドを囲うように円を作る。血眼《ちまなこ》になってお題に当てはまる人物を探そうとする先生たちが面白いので、全校生徒で観客に徹するのだ。

参加するのは、各クラスの担任と、担任代理の教育実習生、その他体力に自信のある先生たち。花純先生ももちろん参加するようで、スタートラインに並んでいた。私のクラスメイトたちも、定位置から声援を送っている。

私はきいちゃんに連れられ反対側の一年生の場所に紛れ込んでいたが、みんな競技のほうに興味津々で、私がいようが構う様子はない。ホッと胸をなで下ろし、きいちゃんと一緒に先生の顔ぶれを確認していると……。

「あ、葛西先生いた！」

きいちゃんが私の心の声を代弁する。

それに反応するように、一瞬だけ弘海先輩はこちらを向いた。

「葛西先生、ここいらで一位とかとっちゃったりしてくれませんかね」

興奮気味のきいちゃんをよそに、私の心臓は早鐘を打っていた。

目が合った、気がする。私がすぐに逸らしたから確証はないけれど、一瞬だけ視線が絡んだような……。いや、多分気のせいだ。あんなに見てても気づかなかったから、願望による錯覚が起きたのかも。

周りの子たちは、自分のところの先生だからか「葛西先生、頑張ってー！」と声援を送っている。

先生方がスタートラインに立ったのを確認して、体育レクリエーション委員長が壇上に上がった。

「それでは、今年も恒例の先生対抗借り物競走を始めます！　位置について……用意」

——バンッ！

ピストルの音と同時に、先生方がいっせいにインフィールド中央に設置してある箱をめがけて走り出した。

「わー！」とか「きゃー！」とか、聞こえるのは生徒の歓声ばかり。前の生徒が興奮で飛び跳ねたりするから、フィールド内の様子が見えない。

先生方は続々とお題を開封したようで、「赤いパンツ履いてる人ー！」「親指から小指までが二十センチの人ー！」と叫ぶ声が聞こえてきた。

お題が叫ばれるごとに、「絶対見せないー！」「そんなの知るかよー！」と爆笑の渦が湧き起こる。

今年のお題も相当キてるな。

もみくちゃにされながら、歓声から状況をうかがっていると、突然腕を引っ張られた。きいちゃんだ。

「杏那先輩」

「どうしたの？」

「私、大手柄かもしれません」

「は？」

あれ、ときいちゃんが指差す先には、弘海先輩。どういうわけかこちらに向かって走ってくる。

コースに乗り出さんばかりの勢いだった生徒たちは、モーセのなんとやらのように、弘海先輩が近づくにつれて道を開ける。その道がどこに終着するのかと思えば、あろうことか私の前だった。

驚きで声も出ない私は、あんぐりと口を開けて弘海先輩を見上げた。

「一緒に来て」

手が差し伸べられて、私はその手と弘海先輩を交互に見つめる。

「どうぞ、連れてってください！」

未だ状況が把握できていない私の腕を掴んでいたはずのきいちゃんが、突然解放して弘海先輩に押しつけるものだから、私はさらに驚いて目を見開いた。

「きいちゃん!?」

「先輩！　今はつべこべ言ってる暇ありません！」

きいちゃんに追い出されるようにして、私と弘海先輩はインフィールドへ。背後から一Cの生徒たちが「急いで！」と叫ぶ。弘海先輩は私を振り返ると、さっと手を握ってきた。

「走ろ」

その合図に、私は一緒に駆けた。

柄にもなく顔が火照るのがわかる。つけたネコミミが落ちないように片手で押さえながら、できるだけ速く本部めがけて走った。

まだ多くの先生たちが四苦八苦している中、まさかの短時間での一番乗りに、審判の生徒も驚き半分で私たちを確認する。弘海先輩が手にしていた紙には確かに【ネコミミ】と書かれていた。恐るべし、きいちゃんの情報網。

それから私たちの一位がアナウンスで告げられ、一Cの生徒がいる方向から歓声が起こった。ものの数分。歴代で最速らしかった。

「葛西先生、でかしたー！」という生徒からの賛辞に、一位の旗の隣に立った弘海先輩は大きく手を振る。もう用なしかと思われた私も、最後の答え合わせまでは残る必要があるようで、一位をとった興奮のままに弘海先輩の隣に立っていたが、ふと視線を感じた。

ぞわりとなにか冷ややかなものが背筋を走った気がする。三年生の応援ゾーンから感じる視線に、ちくり、ちくりと体が痛みを伴う。

誰かわからない。でも、きっと誰でもない。

私は気づいていないふりをして、逃れるようにうつむいた。

花純先生は「ハート柄のソックスの人ー！」とまだお題の人を探し回っている。歓声も野次《やじ》も大きくて、声が届いていない様子。そんな中、私は他クラスの生徒に混じって、しかもその勝利に貢献してしまった。

なかなか借りられない先生たちを笑いつつも、応援する声がぐわんぐわんと頭に響く。動悸が少しずつ高まる。

ダメだ。今すぐここから逃げ出したい。でも難しいお題のせいで、二位も三位もまだ決まらない。早く、早く時間制限が来て。

祈るようにぎゅっと目をつむって、時間が過ぎるのを待っていると——。

「助かった」

スッと耳に届いた声のおかげで、深海に引きずり込まれそうだったのが一気に引き上げられたような気分がした。顔を上げると、一位を勝ち取った弘海先輩は感心したように笑っていた。

「ていうかなんなの、それ」

弘海先輩は私のネコミミカチューシャに触れてくる。

きっとこういうのは少女漫画でよくあるドキドキのシチュエーションだろうけど、今の私の立場を考えると、違う意味でドキドキする。でもここで変に拒否するのも不自然だし、どうしたものか。

「これ、きいちゃんが持ってきてたんです」

気を紛らわすように出した声は、かすれていた。

「畠本さんが？」

「ネコミミだかウサミミだかがお題に紛れ込んでるっていう情報を聞きつけたらしくて、それで」

「なんだ、そっか。びっくりした。だって鴨《かも》がネギしょってるんだもん」

弘海先輩は両手で耳を引っ張ってくる。子どもみたいな顔をして、耳で遊んでいる。だけど、それはちょっとまずい。

「先生」

「ん？」

「アイス、奢ってくださいね」

弘海先輩の表情が一瞬曇ったのが見えたが、知らないふり。さりげなく、その手を退けさせる。少しだけ震えていた手に、弘海先輩が気づかないことを願った。

「一位になったから、なにかひとつ僕のお願いを聞いてくれるんじゃなかったの？」

「これはきいちゃんがいて、私が恥を忍んでネコミミをつけた結果なので、先生の手柄じゃないです。だからきいちゃんの分もお願いします」

「わ、オーボーだ」

「それにしても私、けっこう奥のほうにいたのに、すぐ探せましたね？」

目立たないように紛れて隠れていたつもりが、弘海先輩はほとんど迷いもなく私のところへやってきた。あれだけ生徒がいる中で、しかも私はほとんどフィールド内にもいなかったのに、よくネコミミに気づいたな、というのは素朴な疑問だった。

でも弘海先輩は、鳩《はと》が豆鉄砲《まめでっぽう》食らったみたいな顔をした。

なんだ、その顔は。

つられて私も変な顔になる。

「それは――」

弘海先輩はなにかを言いかけたけれど、お題の人を連れてきた先生たちがなだれ込むように本部に走ってきたので、続きは聞けなかった。そこでまた二位三位争いが怒《ど》涛《とう》の勢いで繰り広げられ、生徒たちの期待を背負う先生たちの意地を見た。

花純先生は結局タイムオーバーで、貢献できなかったのをクラスメイトにからかわれながらも労られていた。

それから制限時間終了ののちに答え合わせも行われ、弘海先輩と私のペアは一位で、もちろん点数は一Cの得点に加算された。

その間もなるべく考えないようにしたけれど、生徒の間をすり抜けて私に刺さるものから逃げるため、一刻も早くここから退きたかった。

《それでは最後の種目、学級対抗リレーに移りたいと思います。中学一年生の皆さんはそれぞれ位置についてください》

結果発表をもってようやく解散を許可された私は、隣の弘海先輩に声もかけず去ろうと背を向けた。これ以上、こんな目立つところにはいられない。ネコミミを外そうと頭に手を伸ばす。

すると、誰かに腕を掴まれた。

「明日、午後四時。出水《いずみ》駅」

短く、しっかりと鼓膜に届いた声は、間違いなくさっきまで隣に立っていた人のものだったが、聞き返そうと振り向いたときにはもう生徒に引っ張られていってしまった。

弘海先輩の背中がどんどん遠ざかるのとは対照的に、彼の言葉が頭の中を大きく支配していく。

……今のは、なに？

「杏那せんぱーい！」

きいちゃんの声が聞こえて、そちらに向き直る。こちらに駆けてきたきいちゃんが勢いのまま私に飛びついてきたので、突然の大胆なスキンシップに目玉が飛び出るかと思った。

ぬいぐるみにするようにぎゅーっと抱きしめられ、大きなきいちゃんの腕の中にすっぽり収まってしまう。きいちゃんはこんなに感情を露わにする子だっただろうかと、私は混乱状態だった。

「もう、杏那先輩はやっぱり私の女神ですね！」

「え？」

「先輩のネコミミ、好評ですよ！　一緒に写真を撮りたいってみんな言ってるんです。行きましょう！　あっちです、早く！」

「あ、ちょっと……」

きいちゃんに引っ張られるままついていくと、同じように赤いクラスTシャツを着た女の子たちがいて、私はきゃあきゃあと黄色い声に歓迎された。

久しぶりに人間に囲まれたものだから、受け答えが変ではないだろうか、ちゃんと愛想よく振る舞えているだろうかと内心穏やかではなかったが、それは杞憂に終わった。

話し始めればちゃんと会話は成立したし、「あとで写真送りたいので、連絡先交換しましょうね」ときいちゃんに見せてもらった写真の中の私は、ちゃんと笑えていた。後輩に囲まれて、少しぎこちないものの、楽しそうな笑顔だった。

その後、きいちゃんが学級対抗リレーで三人抜きをするという勇姿を白熱する思いで見届け、高校の部では高橋先生率いる一年C組が総合優勝を果たしたのに拍手を送った。そして、自分のクラスが学年六クラス中三位になったことに対してはなんの感動も抱くことなく、陸上競技大会は幕を下ろした。

自分のクラスが一位に輝いて大興奮だったきいちゃんとは、帰り際に連絡先を交換した。今では電話をかけることもメールを送り合うこともないたくさんの連絡先が登録されたアドレス帳の中で、【畠本季咲】という文字だけが色づいて見えた。

結局、あの背筋の凍るような視線は誰が投げてきたのかはわからなかった。相変わらずクラスメイトたちの私に対する態度はそっけないもので、記念写真を撮ろうと集まっていたにもかかわらず、それに呼ばれることはなかった。

でも、不思議と悲しいとは思わなかった。以前ならいちいち傷ついていたけれど、それどころではなかったというのが本音だった。

というのも、現地解散だったため大会終了後のクラス会にも参加せず直帰したが、帰りの電車の中でも、傾く太陽に照らされながら家路を歩いていたときも、私の耳からは弘海先輩の声が離れなかった。

『明日、午後四時。出水駅』

弘海先輩はなにを思って、去り際にそう告げてきたのか。

真意を測りかねるまま、翌日を迎えた。

＊＊＊

もしかしたら聞き間違えたのかもしれない。でも、例えうぬぼれでも破りたくはないと思った。だから私は、午後三時四十分には出水駅に到着していた。仮にも今は先生と生徒の間柄だから、あまり目立たないように白のTシャツにジーンズ、スニーカー、ピンク色のポシェットを肩から下げて。

改札を出て階段を下り、時計台の前で行き交う人々を眺めながら待ち人を探す。だけど約束の時間を過ぎて、かれこれ十分くらい経っているのだが、一向に姿が見当たらない。

連絡をしようにも、私は弘海先輩の連絡先を知らない。もう少し待ってみよう、もう少し……という間に一分、二分と過ぎていき、気づけば時計は四時二十分を指した。しかし、弘海先輩はなかなか現れない。

……やっぱり私の思い違いだったのだろうか。ちょっと浮かれちゃってバカみたい。さすがにもう帰ろう。これ以上待って、万が一、誰か学校の人に見つかっても厄介だ。

そう思って、踵を返したときだった。

「杏那」

振り返ると、いくらか慌てた様子の弘海先輩がこちらにやってきた。白のTシャツに紺のチノパン、首にはネックレスがかかっている。

示し合わせたわけではないカップルコーデに、私は小さく噴き出す。

「遅れてごめん。待ったよね」

「待ちました。三十分」

意地悪く言うと、弘海先輩は肩をすくめた。乱れた髪がふわりと揺れて、私の心もふわりと軽くなる。

「本当にごめん。どこか涼しいところで待っててくれてもよかったのに」

夏の扉を前にして、お世辞にも涼しいとはいえない気候。待っている間に汗はかくし、帽子をかぶるのを忘れて頭の上はちょっと熱い。改札横で買ったペットボトルも汗をかききって、ぬるくなってしまっている。

確かに、涼むにはちょうどよいコンビニが少し歩いたところにあるが……。

「でも、連絡取れないじゃないですか」

待ってる姿が見えなくて、それですれ違ってしまうのは嫌だった。

弘海先輩は困ったように笑った。

「行きたいところがあるんだ。付いてきてくれる？」

「どこにですか？」

「ちょっと歩くけど」

大丈夫？　と、弘海先輩はこてんと首を傾けた。

答える代わりにうなずけば、弘海先輩はキュッと口角を上げた。

「じゃあ、行こうか。こっちだよ」

歩き出した弘海先輩について、駅をあとにする。

ふわふわと浮き足立って、落ち着かない心臓。もう長い間他人と出かけるなんてことがなかったから、少しだけ胸が躍《おど》る。

弘海先輩が先に歩いて、私は一歩後ろに続く。以前にも私たちは一度だけ、こんなふうに出かけたことがあった。

『明日、午後四時、出水駅』

私が中学三年生の初秋。あの日は夏休みが終わって少しした、まだ太陽の熱い日だった。前日の金曜日の朝に、花壇で去り際にそう誘われた。そして『面白いところがあるんだ』と誘う弘海先輩に特に断る理由もなかったので、私はふたつ返事で了解した。

出水駅は、私の最寄り駅から一回乗り換えを経て三十分、郊外からも学校からも離れた場所にある。自然が豊かな田園地帯で、都心に比べて空気も少し違う。

駅を出てしばらくは、今日のように弘海先輩が私の少し前を行き、ふたりで大通りに沿って歩いた。そこから外れて閑散とする住宅街を抜ければ、ある一本の横道に入る。人通りも車通りも少ないゆるやかな坂道をどんどん登ると、木々の生い茂る薄暗い通りに入り、コンクリートの道が苔《こけ》むした石畳になって、傾斜も少し急になった。

木々の作るトンネルからは外がいっさい見えない。感じるのは、土と草の匂いに、水の気配、鳥のさえずりや、重なり合った葉っぱの間を風が通る音だけ。

ちょっとした登山気分を味わいながらも、石畳をさらに上へ、上へと進めば赤い鳥居が見えて、小さな神社が姿を現す。その神社の名前は……。

「早瀬神社《はやせじんじゃ》」

少し上がった息を整えて、古そうな扁額《へんがく》に書かれた文字を読み上げると、弘海先輩は「覚えてる?」と私を振り返った。

以前、私たちが訪れたのは、九月のライトアップされる時期だった。早瀬神社は毎年九月になると、境内に灯篭《とうろう》がぶら下げられ、柔らかな燈の空間ができるらしい、とその幻想的な空間の話を噂には聞いていたが、弘海先輩に誘われるまで訪れたことはなかった。人工的なのに、どこか温かく自然な感じがして、驚いたのを覚えている。

だけど今回は記憶の中のものと、目の前にしている光景がまったく異なるものだから、一瞬同じ場所に来たのだろうかと疑問に思った。

緑に覆われた、薄暗い境内。一寸の光も入ってこない閉ざされた空間には荘厳な雰囲気が漂っていて、あのとき感じたぬくもりはどこにもない。

けれど、怖いという感情は不思議と起こらなかった。そよりそよりと頬をなでる風が境内に吸い込まれていく。私たちはその流れの中に立っているようで、おかげで地上にいるより随分涼しい。清流の音と葉っぱの重なり合う音が共鳴して、まるで水の中にいるような清涼感に包まれていた。

石畳の参道《さんどう》の先、正面には拝殿《はいでん》があり、その周りを囲むように蛇行した『瀧川《たきがわ》』と呼ばれる川が流れている。上流には小さな滝が見える。

弘海先輩のあとに続いて石段を上がり、鳥居をくぐった。すぐ右手には小さな構えの社務所《しゃむしょ》があって、受付の巫女《みこ》さんに軽く頭を下げてから石畳の参道を歩き、そのまま瀧川のほうへ。小さな滝の上へと続く階段の前で弘海先輩が足を止めたので、私も立ち止まる。

「僕が誘って、三年前も一緒に来たね」

弘海先輩は川の上流を見上げた。額に汗のにじんでいる彼の頬はうっすら赤い。

「笹舟《ささぶね》も一応流したんだけど、覚えてる？」

そういえばそんなこともあったと思い出して、私はうなずいた。

ここは縁結びの神様を祀《まつ》っている。縁結びは縁結びでも男女間だけではなく、家族だとか友人だとか大切な人との縁も末永く続くよう願う場所。そして、おみくじの代わりに置いてあるのが笹舟だった。

自分の願いを込めて、手のひらサイズの笹舟を一回につき、ひとり一艘《いっそう》、瀧川の上流から流すのが通例。笹舟が止まったり転覆したりすることなく下流にたどり着けば、願いは聞き入れられると言われている。

また、縁を大事にしたい人と一緒に願いを込めて流し、同じように何事もなく境外へ流れ出ていけば、願った者同士は、どんな分かれ道があってもまた出会うことができる。そんな言い伝えもあった。

小さな滝の勢いは強く、瀧川の流れも速い上に途中で小岩がせり出したりしているため、笹舟は道を阻まれて止まってしまったり、水が入って転覆してしまったりすることも少なくない。今、見渡す限りでも、ひっくり返って岩に引っかかっているのが一艘見える。

そういうものは、大凶を引いたときにおみくじをくくりつけるように、あとできちんと集められて拝殿に奉納されるそうだ。

それで、弘海先輩が笹舟の存在と、もうひとつの使い方を知って、面白そうだからやってみようと言うので、私たちもふたりで一艘、流してみることにした。これといって願いがあるわけでもなかったので、遊び心半分で私はその提案に乗っかったのだ。

すると、流れが速いにもかかわらず、笹舟は座礁《ざしょう》することも転覆することもなく、器用に境内を流れて下流に消えていった。あまりに嬉しくて、ふたりではしゃいでハイタッチまでしたっけ。

「そのとき、僕が『離れても、きっとまた会えるね』って言ったら、杏那は『そんなこと絶対ないですよ』って笑ったんだ」

だって私は笹舟がちゃんと下流まで行くかどうかに興味があっただけで、縁結び云々《うんぬん》は二の次、期待はするだけ無駄だ、ということを潜在的に知っていたから。

思い出されて、バツが悪くなる。

「そんなことも、ありましたね」

「それで僕は食い下がって『じゃあもし会えたら、連絡先教えて』ってムキになったら、杏那は『いいですよ』って」

そういえば、そんな会話もした。

あのときは待ち合わせの時間だけ決めて、〝出水駅のどこ〟までは決めていなかったから、私は改札の前で待っていたのに、先に来ていた弘海先輩は下の時計台の前にいて、お互い三十分ほど余計に待ちぼうけしていた。

なのに、その場では連絡先を交換しようという話にはならなくて、そしたら、そんな約束を持ちかけられた。私はただの社交辞令だと思って、気軽に『いいですよ』と答えた。もう二度と会うことはないと高を括《くく》っていた。

そこで、もうひとつ回路がつながる。

「もしかして『約束』って、このことですか？」

「そうだよ」

もしかして、杏那は反古《ほご》にしようとしてた？　と口元だけが笑っている。

反古というよりも、そんな話をしたこと自体忘れていた。そもそも私の中では約束のうちにも入っていなかった。弘海先輩の人生において私は、通行人Aのような存在だったと思っていたから。

「また会えたけど、教えてくれるの？」

依然、弘海先輩の視線は上流の向こうにある。風が吹いて栗色の髪が揺れ、私の髪も後ろに流れていく。いつの間にか汗が引いたようで、素肌に若干の張りついていたTシャツも風を含んで膨れた。

「正直、忘れてました」

「僕はその約束を果たしてもらおうと、この高校に来たのに」

「またまた」

「信じてないな」

弘海先輩は疑いの眼差しを向けてくる。

私は「当たり前です」と反論した。

「あまりに動機が不純で、信じろというほうがおかしいですよ。仮に私がいるからにしても、それは成り行きに任せなきゃ」

「でも、いろんな可能性はあったでしょ。もしかしたら僕がこの高校に受け入れてもらえなかったかもしれない、とか。杏那が別のところに転校してるかもしれない、とか」

「……もしかしたら、私が死んでいたかもしれない、とか？」

皮肉を込めた私の返しに、弘海先輩は口をつぐんだ。サラサラと葉の擦れる音か水の流れる音かわからない音色が、私の耳を抜けていく。

地雷だったかな。でも、誰の？　この場合は私なのに、どうして弘海先輩は苦しそうな顔をするのだろう。

思い返してみても、最悪な再会だった。だって私はあのとき死のうとしてた。一歩早ければ確実に線路に飛び出していたし、今こうして立っていることも呼吸することもなかった。

そう考えると、弘海先輩と私は不思議な縁で結ばれているのかもしれない。

「……あの」

「うん」

呼びかけると、弘海先輩はすんなり私を振り向いた。その目が潤んでいるように見えて、私は言葉を一瞬失いかけた。

「私、まだわかんないです」

彼の視線から逃れるように、ふいと川のほうに落とす。

私たちの間にはふたり分くらい距離があって、そのちょうど真ん中に大きめの岩が迫り出し、流れを二分していた。けれどその流れも弘海先輩の前でまたひとつになっている。

視界の端で、弘海先輩が手を組むのが見えた。

「あのとき自殺を止められて、整理してたはずの感情が一気にぐちゃぐちゃになりました。なにが起こったのか初めは理解できなくて、すぐに全部台なしにされたのがわかって、それから私の心は空《から》っぽです」

早く楽になりたかったのに、突然道を閉ざされて感情はさまよった。最善だと思っていたのに邪魔が入って、混乱した。どうしてあの場所に弘海先輩がいたのか、理解しがたかった。そんな秘密を共有している事実も、毎日恐怖だった。

構わないで。放っておいて。目の前から消えて。その存在すら忘れていたのに、今さら現れないで。そんな気持ちが心を占拠していた。

けれど、このたった数日の間で、徐々に満たされているとも感じていた。

私は案外狭い世界に住んでいたのかもしれない。以前花純先生が話してくれたように、私が信じていたものは私の世界を狭めてしまっていたようだ。

それでもまだ、自分の殻を完全に破って外に出る勇気はない。中にいるほうが安全だから、期待して、危険を冒して、傷つきたくない。

けれど、決めつけてしまうのではなく、もう少し肯定してもいいのではないかと思い始めてきた。例えば、弘海先輩の存在。きいちゃんに対する私の気持ち。

「でも、今日ここが実は普段はこんな場所だったんだって知れたのはよかったなと思います」

今、この瞬間。そして、きっと私の存在も。

ふっと空気が揺れて、弘海先輩が笑ったのがわかった。

「杏那、この三日間はどうだった？」

見上げた弘海先輩の眼差しは優しかった。

「……三日間？」

「僕とまともに話してからの三日間。今週だけ時間をくれってお願いしたじゃん。その三日間、僕は杏那にとっていらない存在だった？」

強く聞こえた『いらない存在』という言葉。私はあのとき、他人も自分もいらないと言った。でもこの三日間、弘海先輩をいらないなどとは一度も思わなかった。むしろ視線が合わない彼に、こっちを向いてほしいとさえ願っていた。

否定を込めて首を振る。すると弘海先輩は「決めた」とつぶやいて、ひとつ大きく深呼吸をした。

「一位をとったお願い、今叶えてもらってもいい？」

「えっ？」

「あれ、もしかして無効にしようとしてる？」

突然のことに面食らう。その話は昨日で終わったと思っていたのに、弘海先輩はあきらめてないようだ。

「状況が変わったじゃないですか」

「でも僕は一位だったよ。アイスは今日このあと帰りに奢るし、畠本さんには月曜日にあげるから。で、有効？」

きいちゃんの千里眼《せんりがん》がもたらした勝利だが、弘海先輩が一位をとったことに変わりはない。アイスがいつの間にか交換条件になっているが、確かに約束した。女に二言はない。あくまで私が優位に立っていることを示すために、顎をしゃくってみせる。

「道徳の範囲内なら、聞いてあげなくもないですけど」

「偉そうな態度だな」

「私も貢献してることを忘れずに。それで、なんですか、そのお願いとやらは？」

「一度だけ、名前を呼んでほしい」

組んでいた手を後ろに回して、弘海先輩は首を傾けた。

「そんな簡単なことでいいんですか？」

もっとなにか面倒なことを要求されると思っていたのに拍子抜けする。ただ、確かに私は意図的に名前を呼ぶことを避けていた。あの頃の無邪気な中学生ではもうないし、気恥ずかしさもあって、口にすることに抵抗があった。なので呼びかける時は全部『先生』で済ませていた。だから『呼んでほしい』と改まって言われると、複雑で、少し緊張する。

「じゃあ『弘海先輩、お久しぶりですね！』って笑顔で」

「もう再会して、随分経ってるのに？」

「棒読みじゃなくて、本当に心の底からそう思って演技して」

「話、聞いてます？」

弘海先輩の耳は都合のいいようにできているらしく、私の意見などは丸無視のようだ。この不毛なやりとりを楽しんでいるようにさえ見える。

「気持ちがこもってればそれでいいから。はい、後ろ向いて。僕が声かけるから、そしたら僕がお願いしたようにして」

なんの演技指導だよ、と思いつつも後ろを向かされる。「準備ができたら教えてね」と言うので、自分を作る時間をくれるようだ。

それにしたってなんでこんな安演技。意味がわからないにもほどがあるし、大体もう再会して二週間も経っているのに。

……再会の仕方がよほどショックだったのだろうか。知り合いの自殺未遂現場に居合わせたというのは、きっと本人にとっては相当衝撃で、ショックな出来事だったのではないかと、今冷静になってみて思う。あのときは追い詰められていて、他人のことなんて考える余裕はいっさいなかったが。

だから、やり直したかった？

「準備いいですか？」

間延びした声の奥に、ほんの少しの期待がうかがえた。弘海先輩なりに、きっとこれが私と向き合ってくれた結果なのだろう。

「いいですよ」

なけなしの演技力の才能を集めるように目をつむり、胸の前で手を組む。また、風が抜けていく。

「杏那……？」

空気がふるりと揺れ、優しい声が鼓膜を叩いた。注文をつけた手前、自分もそれ相応のことをするらしい。

息を吸って、私は気持ちを入れる。

「弘海先輩？　……わ、お久しぶりですね！」

振り返ってまっすぐ見つめ、何年ぶりかわからない、とびきりの笑顔を添えて。我ながら自然にできたと思う。

弘海先輩は私の迫真の演技に見とれていたのか、しばらく固まっていた。目の前で手をひらひら振ると、ようやく現実に戻ってきたようで「女優になれそうだね」と表情を崩す。

「大根演技と一緒にされちゃ、女優さんがかわいそうですよ」

「自然だったな、と思って。うん。満足。じゃあ、帰ろうか」

身を翻した弘海先輩からは、ほんの少しだけ焦りを感じた。なにがそうさせているかわからないけれど、多分、事の恥ずかしさに気づいて照れたのかもしれない。

慣れないことはするものじゃない。私だって変な気分だ。手を頬に当てると熱かったから、きっと火照って赤くなっている気がする。

「アイスはなにがいいの？」

川の流れを背後に聴きながら、鳥居をくぐり石畳を下りていく。清く静謐《せいひつ》な空間から出ると、まるで世界から取り残されたような薄暗さと静けさに包まれた。来たときよりも鬱蒼《うっそう》としているから、もう日没だろうか。なにしろ本当に外の光を遮断するように緑が生い茂っているため、ここにいると外の状況がわからない。

「コンビニのソフトクリームがいいです。きいちゃんには、あの高いカップのイチゴですよ」

　ふたりの足音だけだった世界は徐々に開けて、少しずつ足元に光が入ってきた。まだ太陽は沈んでないらしい。

　風の音も水の音も薄れて、子どもの声や車の走行音が聞こえてくる。転げ落ちないよう、足元を見ながらどんどん歩みを進めていくと、やがて石畳の道が終わりコンクリートの上に降り立った。どうやら私は完全に元の世界に戻ってきたようだ。

　右手から来る強い太陽の光に目を細めながら顔を上げれば、茜色《あかねいろ》に染まった街並みが目の前に広がっていた。辺り一面が夕陽に染まり、窓という窓が光を反射して、赤《せき》橙《とう》色《しょく》の波が見える。

「きれい――」

　ですね。そう弘海先輩に言いかけて、私は言葉を飲んだ。隣に立って同じように街並みを見下ろす彼が涙していたからだ。その雫はゆっくりと目からこぼれ落ちて、頬を伝う。

　突然の出来事に私はうろたえて、とりあえず「弘海先輩？」と声をかけた。

　私の声に、遠のいていたように見えた目の光が戻ってきたような気がした。弘海先輩はハッとしたように、その白い手で頬を拭う。

「歳をとると涙腺《るいせん》が弱くなるよ。夕陽って本当にきれいだ」

二十代も始まったばかりの弘海先輩は、チノパンのポケットからハンカチを取り出そうとする。その拍子にカツンと、ポケットの中から時計が落ちてきた。

私は反射的に屈んで、それを拾い上げる。秒針はどうやら動いてないようだった。

「壊れちゃったんですか？」

弘海先輩は私の手から少し慌てたように「ありがとう」と時計を受け取ると、またポケットの中にしまった。ハンカチで目元を押さえながら、また苦しそうな笑顔を浮かべる。

「止まっちゃったんだ。でも、いいの」

ふっと笑って、またいつもの表情に戻った。あふれた思いを拭い去った弘海先輩は、「アイス買いに行こっか」と何事もなかったようにコンクリートの階段を下りていく。

線を引かれた気がした。『君は知らなくてもいいことだよ』と、そんなふうに。お互いに知らないほうがいいことや言いたくないことがあるのは普通だけれど、今の予防線ははっきり見えた。

やっぱり、いつかは弘海先輩もなにも告げずに私の前から消えるだろうか。そんな思いがよぎって、足が止まる。

私がついてきていないことに気づいた弘海先輩は、数段下に行ったところで上を振り返った。

「どうした？」

「弘海先輩」

先に行った分、弘海先輩はまた上がってきて私の前に立つ。

手を伸ばせば届く距離に相手がいるのに、これがふっと消えてしまう瞬間は、何度想像しても悲しい。もう二度と味わいたくない。

「来週も、また会えますか？」

『信じて』と言ったのは弘海先輩じゃない。なら、最後まで信じさせてよ。どこにも行かないで、最後まで向き合って。

今度は立場が逆になる。

すると弘海先輩は、いくらか吹っ切れたようにはにかんだ。

「国語ゼミ室に来てくれたらね」

時の交差点

弘海先輩と出かけてから二日経った、月曜日の朝。今日も、起きたらお父さんの姿はなかった。水切りにはひとり分のボウルとスプーンが立てられていて、冷蔵庫の牛乳は少し減っていた。

お父さんとまったく会話をしなくなって、もう二週間。食事も就寝も各自勝手に済ませている。

薄暗いリビングに起きていくと、胸が潰されそうに苦しくなる。そのたびに、今日こそは線路に飛び込んでやると毎朝思っていたけれど、今日は不思議とその気が起きなかった。

棚からシリアルの袋を取り出して、ボウルに牛乳と一緒に注ぐ。パジャマのまま、電気もつけずにダイニングテーブルにつき、ふやける前に口へ運んだ。

バリバリと咀嚼音だけが部屋に響いて、私の存在が示される。

今日も、生きている。この二週間はそんなふうに打ちのめされていた。

でも、今日も、生きてみる。そう思うと、少しだけ違った。

ダメならそれでいい。だけどもう少しだけがんばってみれば、なにかが起こるかもしれない。

そんな希望を持つようになっていた。

「あ、ミミ先輩だ」

登校すると、誰かが誰かをそんなふうに呼んでいた。実際には私のことだったのだが気づくはずもなく、そんな名前の子もいるのだなと歩いていたら、下級生の子に会釈されて頭の上に疑問符が浮かんだ。

その謎は、今日は朝練がなかったのだと、いつもより早めに花壇にやってきたきいちゃんの話で解けた。

「うちのクラスで杏那先輩、『ミミ先輩』って呼ばれてるんですよ」

きいちゃんのネコミミを私がつけていたことによって、先生対抗借り物競走で一位の成績を修めたきいちゃんのクラスは、学年優勝どころか総合優勝も飾った。高橋先生はご機嫌で、日曜日には打ち上げで焼肉屋に行ったそうだ。

さしずめ私は勝利の女神。ちなみに『ミミ』はネコミミの『ミミ』が由来。『ネコミミ』と呼ぶのは長いし、『ミミ』という響きが可愛いから、という理由らしい。「私の先輩を〝耳〟呼ばわりだなんて」ときいちゃんは呆れた様子だったけど……。

「私、あだ名つけられたの初めてかも」

実はちょっと嬉しかった。

でも、きいちゃんは怪訝《けげん》そうな顔をした。

「嬉しいですか？　耳ですよ？　耳」

「うん。ありがとうって伝えておいて」

「先輩の感覚ってわかんないな。まあ、でも、わかりました、言っておきますね。それで――」

「それでね、きいちゃん」

きいちゃんの発言にかぶせるような形になってしまったが、私は彼女を呼んだ。きいちゃんはポケットに手を突っ込んだまま、私を見下ろす。

「あのね、これ。前に頼み事したときのお礼。まだだったから」

スカートのポケットの中から、手のひらサイズの仔犬《こいぬ》のぬいぐるみを取り出す。きいちゃんは大きな二重の目を見開いて、まつげを瞬かせた。

「これ、私に、ですか？」

「う、ん……」

私はゆっくりうなずいてみせた。実は、土曜日の帰りに買ったものだった。

弘海先輩のハンカチを代わりに返してもらってから、私はそのお礼をどうしようかずっと悩んでいた。頼み事をした以上、お礼をするのは当然。けれど、なにをあげるか考えたとき、私ときいちゃんはただの〝先輩後輩〟なのだから、プレゼントは重いのではないだろうかと思いとどまってしまったのだ。

しかし、私は決心した。例えばきいちゃんが私のことをただの先輩以上に想ってくれていなかったとしても、私にとってきいちゃんという存在はとても大きくて大切なものだと、そろそろ認めよう、と。

出水駅のそばにあった小さな雑貨屋さんで見つけたのは仔犬のぬいぐるみ。くりんとした愛らしい目がきいちゃんを彷彿《ほうふつ》とさせ、それに決めた。

私の手のひらの仔犬をじーっと凝視しているきいちゃん。ただ仔犬を見つめて立っているだけで、他になんの反応も示さない。

私はまたしても越えてはいけない線を越えてしまったのだろうかと、胸が騒ぎ出したが、瞬きを忘れていたその瞳からポロリと涙がひと粒こぼれてぎょっとした。

「き、きいちゃん……？」

「杏那先輩……私は杏那先輩にとって、かわいい後輩ですか？」

あふれる涙を手のひらでぬぐうきいちゃんにうろたえながらも、私はハンカチを差し出す。けれど、きいちゃんは受け取ろうとはせずに、「かわいい後輩ですか？」と同じ質問を繰り返す。

私はすっかり参ってしまったのと同時に、誰かを想うことはなんて難しいのだろう、と思った。きいちゃんはもうずっと、私に好意を持ってくれていた。そのことに、彼女を泣かせてしまってから気づくなんて……。

「うん、そうだよ。だから、これ使ってほしいな」

私の大好きな瞳を覆う手にハンカチを握らせる。

きいちゃんは今度はすんなりと受け取って、陽だまりのような笑顔で笑ってくれた。

仔犬もそのまま彼女の右手の中に納まる。

少しするときいちゃんは泣きやんで、仔犬の頭をなでた。

「ありがとうございます。家宝にします。ハンカチは洗って返します」

「家宝なんて大げさだよ。ハンカチはいいよ。もう大丈夫？」

「いいえ。ちゃんと洗って返しますんで！」

私のハンカチを勢いよくポケットにしまうものだから、私は笑ってしまった。

「じゃあ、お願いします」

「はい。それでね、先輩。私もあるんですよ、プレゼント」

今度は反対に驚く私に、「これ、大好きな杏那先輩に」ときいちゃんがくれたのは、フェルトの三毛猫《みけねこ》キャラクターがついた髪ゴムだった。私に借り物競争のお礼を、と提案したのは学級長さんらしく、「私が無理強いしたお詫《わ》びだって。失礼しちゃう」と口をとがらせたきいちゃんとは従姉妹《いとこ》同士だそう。

さらりと『大好きな』と口にされて私の心が弾む。

私にはまだはっきりと好意を口にする勇気はない。でもいつか必ず伝えたいと思うから、もう少しだけ待っててて、と心の中で小さく謝る。

髪ゴムはせっかくだから使わせてもらうことにした。髪を結わえるのは得意ではないので、後ろでひとつにまとめて首の辺りで二、三回、輪をかける。

「似合いますね」

「ありがとう」

「それつけて、今日も葛西先生に会いに行くんですか？」

「えっ……？」

不自然に反応してしまったのがよくなかった。きいちゃんは得意げに笑って、「そうなんですねぇ」と目を輝かせた。

その輝きを私は知っていた。ちょうどきいちゃんの歳くらいに私が手放してしまったものと、とてもよく似ている。

だけど私は知らないふりをして水やりを始めた。

「私はいいと思います、葛西先生」

「きいちゃん、私、別にそんなんじゃないよ」

「どうしてですか？　運命的な再会じゃないですか！」

ロマンチックすぎる！　とはしゃぐきいちゃんに、私は天を仰いだ。どうやらハンカチを返してもらったときに、きいちゃんは弘海先輩から私とのことを聞いたようだ。

これでは弁明の余地もない。すっかりその気のきいちゃんは「私もロマンス始めたい」と妄想の中に入っている。

私も友達の恋愛話を聞いては、いつか好きな人が欲しいと夢に抱いていたころもあったな、と思い起こす。

「きいちゃん、本当に違うからね」

「大丈夫です。内緒にしてます」

きいちゃんは手を胸元で組んで、可愛らしく首を傾けた。

私は空気に似たため息をつく。

「そういうことじゃなくて……」

「あ、運命的な再会といえば、杏那先輩、あの噂、聞きました？」

「噂？」

私はいったん手を止めた。

「なんか隣町のほうで、小さな奇跡が起きたみたいなんです」

「小さな奇跡？」

「そうなんです。杏那先輩も早瀬神社、ご存知ですよね？」

今度は驚かないでうなずくことができた。早瀬神社は、もちろんよく知っている。

きいちゃんが「続けて大丈夫です」と言うので再びノズルを握った。

「あの神社に流れてる川、『時空の流れ』っていう異名があるらしくて。笹舟が流れたら再会できるっていうじゃないですか。それが、なんかちょっとありえない再会まで望めるみたいなんですよ。例えば、死んだはずの人と会えるとか」

「……へえ」

確かに笹舟のジンクスはあるけれど、そんな話は初耳だった。大体、私はそのジンクスさえ信じていない。

「あ、信じてないですね」

きいちゃんはそのまま続けた。

「私の友達の友達の話なんですけど。その子は今高校二年生で、どうやら中学に上がる前に亡くなったお母さんに会ったらしいんです」

それからきいちゃんは事の顛末《てんまつ》を語ってくれた。

きいちゃんの友達の友達だという彼女は、病を患っていたお母さんと、制服を着てデートしようと約束していた。にもかかわらず、お母さんの外出許可が下りたその日に自分が風邪をひいてしまって、結局出かけることができなかったことを長年後悔していたらしい。

そうして最近、彼女自身がある病気で手術を受けている最中、中学生の彼女とお母さんがデートをする夢を見たそうだ。しかも、デートの内容はもちろん、そのときにお母さんと手をつないだぬくもり、一緒に食べたスイーツの味、夢の中では桜の季節だったらしく桜の風景……となにもかもをありありと覚えていた。

あまりにもリアルな夢に、彼女自身もそれが夢か現実かどちらかわからないでいた。だけど退院して、自室のベッドサイドに、そのときお母さんと買ったテディベアが置いてあるのを見て、タイムスリップでもしたのだろうかと困惑したらしい。

しかし、家族はそのことに驚いていたそうだ。

「どうして？」

「彼女にとっては夢の出来事らしいんですけど、どうやら全部事実だったみたいなんです」

「……どういうこと？」

ちょうどアガパンサスのプランターまで水をやり終えて、私はきいちゃんのほうを向いた。

「つまり彼女は、あの当時に風邪はひいてないし、ちゃんとお母さんとデートできてた、ってことです」

「……は？」

あまりに非現実的すぎて思わず聞き返すと、きいちゃんは「私もそんな反応でした」と大きくうなずいた。

だって彼女は夢を見たと言っているのに、それが実は現実だったなんて。読解力の乏しい私の脳みそでは理解が追いつかない。

「それじゃあ、夢が現実になったってこと？」

「あくまで彼女にとっては、ですけど」

「それと笹舟の関係は？」

「お母さんの病気がひどくなる前にふたりで早瀬神社に行って、次も親子になりたいという願いを込めた舟は、ちゃんと下流に流れたそうなんです」

だから『時空の流れ』なのか、と理解するも、そんなファンタジックでスピリチュアルな話はなんとなく腑《ふ》に落ちない。いくら技術が進歩した今の世の中だって、過去と未来を行き来することなんてできないのに。

きいちゃんは考え込む私の代わりにホースを片付けてくれた。

「信じられないですよね」

「……うん、正直」

「でもその子って、ウソを言うような子じゃないんですって。だからきっと、彼女の話は真実なんですよ」

きいちゃんはホースを巻きつけ終えて軽く手を洗うと、私に向き直った。

「それで私、思ったんです。私たちがなんの変哲もないと感じている日常も、きっと誰かにとっては〝奇跡〟なんだろうな、って」

そう言ったきいちゃんは、どこか穏やかな表情をしていた。

私は『奇跡』と胸の内で復唱した。

「よく話には聞きますけど、こんなふうに身近に起きると、『ああ、やっぱりそうなのかな』って実感しました」

「……きいちゃんのお友達のお友達のお友達、だっけ」

「……すみません。正確には私のお友達のお友達の従姉妹のお友達です。意外と遠いですね」

顔を見合わせて、ふたりで笑い合った。

話はにわかに信じがたいけれど、誰かにとって日常が奇跡なのだとすれば、納得もいく。だって、私が未だにこの世に生きているのも奇跡みたいなもの。きいちゃんと今笑い合えたこともそうだと思えるから。


お昼休みに扉をノックするとき、少しだけ緊張した。朝、去り際に『だからね、先輩。先輩が葛西先生と再会したのもある種の奇跡なんですよ』ときいちゃんが変なことを言ったせいだ。

「はい」と声が聞こえて開けると弘海先輩だけがいて、ドアノブを回す手がほんの少し震えた。

顔を合わせるのは、土曜日以来。弘海先輩は「いらっしゃい」とパイプ椅子を出してくれた。私がここを訪ねる時間に酒田先生がいないのは、もう毎度のことだけれど、今日は奥のほうに花純先生の姿が見えない。

「花純先生は……」

「コンビニに弁当買いに行ってるよ。『作り忘れた』って、朝うなだれてた」

そういえば今朝、花純先生は随分慌てた様子で教室に入ってきた。いつもはコンタクトの先生が分厚いレンズのメガネをかけてきたものだから、生徒がからかうと『今日は寝坊したの！』とプンスカしていた。

「先生はお昼食べましたか？」

「四時間目が授業だったからまだだよ。……一緒に食べていい？」

「……どうして聞くんですか」

「一応、ね」

今まで嫌だと拒絶したことはないけれど、もしかして、土曜日にいらない存在だったかと聞かれて私がはっきり答えなかったことが気にかかっているのだろうか。

つくづくわからない人。強引に迫ってくるかと思えば、しおらしく引いてみたりして、言動が矛盾している。

でもそれは、やっぱり距離をとられているということなのだろうか。結局、弘海先輩も、どこまで私に踏み込んでいいのかわからないのだろう。

「嫌だったら、あんなこと聞きませんよ」

だからここは、私のほうも黙ってしまうのではなくて否定する。ただ、まだ素直になれるほど自分を許すことはできないから、婉曲《えんきょく》に。それに、もし本当に今日も会うのが嫌だったなら、先週みたいに『また会えますか?』なんて聞かない。

弘海先輩は私の意図するところを理解したようで、安堵の表情になった。

「そっか。うん。……あ、座って」

「ありがとうございます」

促されて、パイプ椅子に腰かける。背にもたれながら、真っ白な天井に走る薄い茶色の跡を視線でなぞっていると、さらりとなにかが髪に触れる感覚があった。

驚いて振り返れば弘海先輩が立っていて、その手は私のひとつに結ばれた髪に触れていた。

「……いきなり触らないでくださいよ」

「あ、ごめん。柔らかそうだな、と思ってつい。猫っ毛?」

弘海先輩は私の髪に指を通したまま、平然と答える。

私は喉から心臓が飛び出そうなくらい驚いたというのに、一瞬にして冷静になった。

『つい』やってしまうなんて。他の誰かにもこんなふうに『つい』触れるのだろうか、と考えたら、少しでも淡く持った期待が萎《しぼ》んでしまった。

「美容院に行ったらそう言われますね。髪の毛細いね、って」

「しかもネコの髪留めだ」

「先生のクラスの子からもらったんです。私のこと、勝利の女神だって」

弘海先輩の細い指は私の髪をするする梳《と》かし続けている。

「楽しいですか？」と聞いたら、「サラサラで気持ちいい」と返ってきた。

「そういえば、四時間目が自分の担当クラスの国語の時間でね。畠本さんに放課後ゼミ室に寄るよう伝えたんだけど……」

いったん手を止めた弘海先輩の言葉に、あることを察する。約束通り、弘海先輩は神社からの帰りに私ときいちゃんの分のアイスを奢ってくれた。その賭けの話をきいちゃんにしてもいいか、ということだろう。私は弘海先輩を見上げて言った。

「内緒にしておいてください」

もうぬいぐるみをあげたし、その上アイスもなんて、なんだか恥ずかしい。それに知ったらきいちゃんがまた私に飛びついてきそうで、そうすると私は心臓が持たない。きいちゃんの直球すぎる愛情表現には、ものすごく照れてしまうのだ。

弘海先輩がくすりと笑った気がした。

「わかった。それでさ、これ……結び直していい？」

弘海先輩はゴムに手をかけて尋ねてきた。すでに半分ほど解いた状態で聞いてくるなんて確信犯もいいところ。多分、拒否しても解くに違いない。

「……まあ」

曖昧に返事をすると、弘海先輩は、「うん」とうなずいた。

弘海先輩はゆるっと束を解いて、私の髪を手櫛《てぐし》で梳かす。

なんだか胸の奥がくすぐったい。

「櫛《くし》、使いますか？」

「あ、使う。ありがとう。それから、ちょっと横向ける？」

「横？」

「うん、体ごと」

指示されるまま、パイプ椅子ごと左を向く。背後にいた弘海先輩は私から櫛を受け取り、左側に髪を集めて肩に流すと正面に立った。少し屈んで毛束を手にとり、三つに分ける。

「三つ編み、ですか？」

「うん。あ、嫌だった？」

「いえ。なんか意外だな、って」

正直、私はあまり手先が器用なほうじゃない。だから伸ばしっぱなし。髪を結ぶのも、勉強や体育、食事のときに邪魔にならないよう首の辺りで簡単に結ぶだけ。当然ヘアアレンジなんて凝ったことはできないし、三つ編みもうまくできない。

私のほうが女の子なのに、負けたような気がした。

「口、とがってる」

指摘されて唇を巻き込んだ私を弘海先輩は笑う。

「男の人なのに、できるんですね」

「姪っ子が『やって！』ってせがんでくるから、できるようになったよ」

その言い方に、私はかつての友人――美紀を思い出した。まだ美紀との関係が良好だった頃、時々髪を結ってもらった。洗うのがめんどくさいという理由で本人はショートヘアだったが、ロングヘアの妹にせがまれるまま三つ編みやポニーテールをしてあげているうち、いつの間にかヘアアレンジが趣味になったらしい。

それから久しく誰かに髪を触られることがなかった。

弘海先輩は分けた髪を器用に編んでいく。一回一回の動作に、慣れていることがわかる。私は皮肉のひとつでも返そうとしたのだが思いつかず、私の髪を絡めるその白い手を見つめていた。

男の人にしては細くて白い指。男性らしいというよりは女性らしい華奢な手をしている。「きれいな手ですね」と褒めたら、「女の子みたいでコンプレックスなんだ」と笑ったけれど、この手を私は好きだな、と思う。

胸元まである私の髪は、弘海先輩によってきれいにきっちり三つ編みにされた。ネコの髪ゴムで留めたあとは、毛束全体を少しほぐしてルーズ感の演出までバッチリ。私よりも高い女子力に脱帽し、思わず感嘆がもれた。

「はい。これでネコちゃんも見れる」

結び目のフェルトのネコと目が合う。今朝も思ったけど、やっぱり可愛らしい顔だ。

「ありがとうござい――」

お礼を言おうと顔を上げると、思ったよりもすぐそばに弘海先輩の顔があってドキリとする。髪の毛よりも少し暗い色の虹彩に私が映っているのが見えて、目が逸らせない。

ゆっくり、ゆっくりと顔が近づいてくる。私はどうしていいのかわからず、スカートの裾を握ってぎゅっと目をつむった。

「あ、おそろいだ」

「え?」

ふわりとほどけるような声に目を開けると、ちょんと弘海先輩の指先が私の鼻をかすめて、「ここ、鼻のホクロ」と自分の鼻梁《びりょう》を指差した。

するとギイッと部屋の扉が開いて、花純先生が入ってきた。弘海先輩は何事もなかったように「おかえりなさい」と花純先生に声をかけ、自分の席についた。

私はなかなか顔が上げられず、「先に食べてていいって書き置き残しておいたのに」という花純先生に愛想笑いを向けることしかできなかった。

弘海先輩は素知らぬ顔で箸を割り、売店のB定食を食べている。対照的に、私は自分の気持ちに動揺していた。

さっきなにを思った？　近づいてくるのも嫌がらず、まっすぐ見つめ返して目をつむるなんて……これだとまるで、弘海先輩を好きみたいじゃない。

「……え？」

小さくもれたつぶやきは、自覚に変わる。

気づいた先輩が「どうかした？」と尋ねてきたが、私は慌てて首を左右に振って梅干しおにぎりにかぶりついた。

心にポッと生まれた、温かくて甘いもの。随分忘れかけていた、他人を好きになるということ。

人を好きにならないと思って鍵をかけた箱は、いつの間にかどこかに消えていた。代わりに、弾む心だけが残っている。

『じゃあ、僕は？』

あのときすぐに答えることのできなかった問いかけを想起する。

深い関係になって崩れることを恐れて、踏み出せなかった。弘海先輩との思い出が苦いものに変わることを考えると、これ以上距離を縮めてはいけないと警鐘《けいしょう》が鳴る。けれど、ここで機会を逃せばもう二度とこんな人は現れないいんじゃないか。手を離すな、という自分もいる。

ちらっと弘海先輩を盗み見たつもりが、ばっちり視線が交わってしまう。

付け合わせの卵焼きを頬張ろうとしていた弘海先輩は恥ずかしそうに笑って、「なに？」と優しく問いかけてくる。たったそれだけなのに、私の胸はきゅんと締めつけられたように感じた。

「……なんか、魚みたいでした」

花壇で再会したときに言われたことを咄嗟に思い出し、言い返す。

「なんだそれ」

私の答えに花純先生も笑って、「魚といえばね――」と話し始めた。

その話を聞いて弘海先輩は爆笑していたけれど、私は自分の気持ちに精一杯で、耳を傾ける余裕なんてなかった。

――ああ、そうか。私は弘海先輩が好きなのだ。

まったくどうしたものだろう。これはすべてきいちゃんのせいだ。そう思わないと、私は自覚した恋心をどう整理していいかわからなかった。

＊　＊　＊

翌日になっても自分の中に生まれた気持ちを消化できず、お昼休みに国語ゼミ室を訪ねるのにものすごい勇気を要した。

けれど、あと少しでこんな気軽にも会えなくなるのだからと羞恥心も全部捨てようと心を奮い立たせ、火曜日も水曜日も木曜日も国語ゼミ室を訪ねた。おにぎりをかじりながら、弘海先輩のオチのない話や花純先生のお料理うんちくに耳を傾け、お昼休みを過ごした。

そして弘海先輩の登校最後の日である今日、金曜日にもお邪魔した。

「三日も飼えば情が移るって言うけど、三週間もいれば本当にそうね」とコンソメスープをすする花純先生と、「高橋先生の罵声をもう浴びなくて済むと思うと、気が楽ですけどね」と春巻きを頬張る弘海先輩のやりとりを、野菜ジュースを飲みながら眺めていた。

その後、花純先生は事務に用事があるからと途中退席して、ふたりっきりになったゼミ室。黙々と弁当を平らげ、ひと息ついて話しかけたのは、私。

「今日、放課後に送別会やるんですよね？」

「そうなんだよ。誰から聞いた？」

「きいちゃんです」

「あ、なるほど」

弘海先輩はバッグの中からガムのボトルを取り出すと、私にもひと粒くれる。鮮やかな黄色い人工甘味料を弘海先輩はすぐに口の中へ放り込んだけれど、噛み始めたら気が散ってしまうから、私はそれをお守り代わりに握りしめて意を決した。

今日は必ず言うのだと、月曜日から決めていたことがある。この出会いを一度きりのものにしないために。また弘海先輩に会えるように。

「それで、帰宅予定は何時ですか？」

「みんなが買ってきたおやつ広げて食べるだけの会だから、一時間もかからないとは思うけど、そのあと先生方にも挨拶するから、まあまあ遅いかも。どうして？」

二人っきりのところを誰かに見られても困るので、遅いのはかえって好都合だ。発《はっ》破《ぱ》をかけるように小さく深呼吸をして、口を開く。

「約束、果たそうと思って」

「約束？」

「三年前の、約束です」

三年前、早瀬神社で交わした、また会うことができたら連絡先を交換しよう、という約束。私があのとき曖昧に話を中断してしまったから、弘海先輩は私が言い出すのを待っているのではないかと思っていた。

けれど、ちゃんと伝えることができて、どこかやりきったように感じていた私とは反対に、弘海先輩は目を丸くした。

「いいの？」

そして、確認するように聞いてきた。どこか一線を引いたような口調は私の予想していた反応ではなくて、さわっと波が立つ。

あ、また。弘海先輩の壁だ。

もしかして、もう一歩踏み込んでいいと感じたのは私の思い違い？

「……どうして？」

気づいたらそう問い返していた。

「だって、心変わりは避けられない現実だよ」

今までのことを根底からひっくり返すような言葉に、眉根が寄る。手に汗がにじんで、ガムの砂糖が手の内で溶けていく。

「……信じろって言ったくせに。そんな言い方だと、私の目の前から消える前提みたい」

「違うよ。消えるのはそっちのほうでしょ」

「私？」

どうして私？　意味がわからないでいると、弘海先輩は言った。

「夢のように、僕の前から消えてしまうかも」

「そんなこと……」

「ないとは言い切れないでしょ」

気圧《けお》されて口をつぐむ。

自嘲の笑みを浮かべる弘海先輩の言葉は、やっぱり矛盾が多い。自分はなんでも知ってるみたいな言い方をして私と距離を縮めようとするくせに、逆に置こうともする。つまり、私はここで引くべきだということなのだろうか。

未来はどうなるかわからないから、やっぱりやめておきましょうって？　私は弘海先輩のことなど忘れてしまうから、一度でも関わったことのある痕跡《こんせき》を残さないでいようって？　あれだけ自信たっぷりに『信じて』なんて言ってきたのに？

言葉を失った私に、弘海先輩はなだめるような口調で続けた。

「いいんだよ、僕の前から消えたって。心変わりしたっていいんだ。でも、さすがに二度目は耐えられる気がしないから、こうやってまた出会えたのは一時《いっとき》の夢だった、としてもいいと思うんだ。だから別に無理する必要ないよ」

なんとなく引っかかるけれど、要するに弘海先輩としてはあくまで私に選択肢を与えているつもりらしい。

でも私なりに十分考えて、出した結論だった。

今だって、特別を作るのは怖い。でも、弘海先輩と別れてしまう未来を想像しては尻込みしそうなのをなんとか耐えているのだ。だって、今の私が変われたのは先輩のおかげ。その証を目に見える形で残しておきたいし、知ってほしい。

「私の最寄り駅近くの公園で、待ち合わせはどうですか？」

「八城さん――」

「私、待ってます」

弘海先輩の言葉を遮り、ガムの着色料がついて砂糖まみれになるのも構わずぎゅっと拳を握りしめた。

「先輩が信じてほしいと思った私を、今度は信じてよ」

人生において刹那的な存在でも構わない。私が確かにあなたを想っていた瞬間はあるのだから。

――キーンコーン。

予鈴が鳴る。私はゴミだけが入ったランチバッグを持ち、パイプ椅子をたたんだ。手のひらで溶けてしまった黄色のまだらのガムを口に放り込み、備え付けの洗面台で手を洗う。

弘海先輩はしばらく私を呆然と見上げていた。だけど急に立ち上がり、ドアノブを掴んで回そうとする私の手を引き止めた。

「公園は危ないから。駅近くのコンビニにして」

背中に体温を感じる。弘海先輩の影が落ちて、握られた手が熱を帯びる。

振り返って見上げると、花がほころぶように弘海先輩は笑顔だった。目尻にシワができ、形よく唇が弧を描いて、重ねられていた手が離れていった。

今はまだ存在する線も、今日には飛び越えていけるだろうか。

ドアノブを回し、扉を開けた。

「それじゃあ、失礼しました」

「二週間ありがとう。お昼の時間、楽しかった」

手を振る先輩に、私は軽く会釈してゼミ室の扉を閉めた。それが最後の挨拶になるとは少しも予想せずに――。


放課後の教室では課外講座が行われるので、関係のない私はすぐに退散。スクールバッグに必要なものを入れて、教室をあとにした。

ここ数日のことなのに、最近はもう周囲の視線も気にならなくなった。鼻歌でも出てきそうなのを我慢して、玄関に下りていく。

とりあえずいったん帰って着替えよう。弘海先輩の体裁のためにもそれがいいはず。時間もあるし、ゆっくり準備して……。

そんなことを考えながら階段を下りようとすると、見覚えのある影がこちらに向かって上がってきた。

最後に会話したときよりも伸びたストレートの髪に、ふわりと香る甘い匂い。

立ち止まると、向こうが顔を上げた。実に半年ぶりくらいに顔を合わせるのは、美紀だった。

美紀が属する文系クラスは、同じ階でも理系クラスとは反対側に教室があることに加えて授業内容もまったく異なるから、滅多に会わない。

これは声をかけるのが正解か、それとも素通りがいいのか。考えあぐねていると、美紀は一段一段上がってきて、思いつめたような表情で私の前に立ち止まった。

「ウソつき」

久しぶりの対面にもかかわらず、容赦はなかった。

突然の言葉に頭が真っ白になって瞠目《どうもく》すると、美紀は続けた。

「葛西先生がいるから、私たちはいらなかったってことなんだね。ひどい人」

意味がわからない。どうして開口一番にそんなことを言われなければいけないのだろう。

「なんで、そう思うの」

　思わずそう聞き返していた。すると美紀は、ふっと乾いた笑いをこぼした。

「中学のときも、そういえば仲よしだったなあ、って」

「葛西先生は関係ない。大体、あのときにはもういなかった」

「口ではなんとでも言える。心の内なんて誰にもわからないじゃない」

「そうだよ。だから決めつけないで」

　あのときの私は臆病だった。いつか失ってしまうであろう友情を、素直に受け取れなかった。それは私の落ち度で、弘海先輩はなんの関係もない。

　でも、美紀の返事は予想外だった。

「だって、ふたりで出かけてたでしょ」

「え……？」

「出水駅付近でふたりが歩いてるの、私見たの」

　さあっと血の気が引いた。確かに、いくら学校から離れているといえど、この学校の生徒に目撃される可能性はあった。決定的な証拠を突きつけられてなにも弁解できない私に、美紀は勝ち誇ったように、しかし自嘲じみた笑みを浮かべた。

「仮にも先生と生徒。でも他の先生に報告したところで私になんのメリットもないから黙ってたけど。国語ゼミ室に出入りしてたみたいだし、仲いいんだね。でも今日で終わりか。あ、外で会うか。どっちにしろ自分のシェルターは持ってるわけだ。いい身分だね」

どすり、どすりと銛《もり》が胸に刺さる感覚がして、息をするのも精一杯。美紀と仲違いしたあの日のことがよみがえってきて、私は完全に口をつぐんだ。その間にも美紀の瞳には黒い憎悪の色がにじみ、さらに追い討ちをかけてくる。

「『特別は作らない』って断言してたくせに」

ぐっと噛まれた美紀の桃色の唇は白くなっていた。

私は呆然と美紀を見つめ返すことしかできなかった。

約二年経っても、美紀の心はひどく傷つけられたままだったようだ。私がずっと忘れられず、ふとしたときに思い出して苦しくなるのは、美紀も一緒だったのだ。裏切られたと感じた私の傷と、信用できないと言われた美紀の傷はどちらが重いかではなく、同じように深かった。

なんてバカだったのだろう。私は被害者などではなかった。むしろ加害者だった。自分中心の世界に生きていて、周りのことが見えていなかった。私の行動が誰かをこんなにも傷つけたなんて思いもしなかった。

ダルマのように黙り込んだ私を見限ったらしい美紀は、私の横を通り過ぎ、そのまま階段を上がって去っていった。しばらくはスタスタと足音が聞こえていたけれどやがて遠のき、下の階からの喧騒がぼんやりと耳に入ってくる。

『〝特別〟を作らないに越したことはない』

お母さんのいつかの言葉が脳裏によみがえる。その瞬間、カシャンと私の精神の均衡が崩れたのを合図に、思わず駆け出していた。階段を走り下り、乱暴に靴箱を開けてローファーを玄関に投げる。上履きを押し込み、踵を踏んづけながらドアを押して校舎から逃げた。

どこかからきいちゃんが私を呼ぶ声が聞こえた気がしたけれど、無視した。泣いてしまわないようにしっかり唇を噛み、みにくい顔を見られないように校門を出る。

もうおしまい。限界だ。でも……すべては私がいなくなれば解決する。私さえ消えれば……。

ぎゅっと拳を握り、走った。腕の振り方や足の出し方はおかしかったかもしれないが、息つく間もなくひたすら走って、駅に着いた。定期をかざして改札を通り、人の合間を縫うようにして階段を上り下りし、見慣れたプラットホームに立つ。

電光掲示板の時計は、次の電車が来るまであと二分だと知らせている。私は肩で息をしながら、駅の端に向かって一歩ずつ歩き出した。酸欠と脱水感で意識が朦朧《もうろう》とする。うまく呼吸できているかも怪しい。今日はなんだか人が多い。だけど周囲の視線なんて気にならない。だってもう、これで終わりにするから。

一歩、また一歩進んで、人が適当に列を成しているところで、線路のほうを向いた。

電車が駅に入ってすぐの場所のほうがぶつかったときの衝撃は大きく、即死できる可能性が高いだろうと最初は考えていたが、この際もうどこでもいい。電車に接触すれば、ほとんどの確率で死ねるだろうから。

今度は邪魔者もいない。ならば、ひと思いに実行するのみ。白線を踏んで、他の列の先頭よりも一歩前に出た。ひゅるりと風が吹いて、スマートフォンの画面を見ていたスーツ姿の男性が顔を上げる。その人が風に遊ばれた髪を手櫛で整え、私の奇行に気づき顔を顰めた、そのとき。

――ピンポーン。

アナウンスが響き渡る。

《まもなく三番線を快速列車が通過します。危ないですから、白線の内側に下がってお待ちください――》

――ガタンゴトン、ガタンゴトン。

地面が揺れて、電車の気配がする。

もうこれでなにもかも終わり。私の存在がなくなれば、私との記憶もそのうち風化するだろう。なかなか整理がつかず二度目の決心はできずにいたけれど、三週間前には実現しなかったことを、今――。

背中に鈍い痛みを感じた。私が一歩、線路に踏み出そうとしたときだった。ドンッと何者かに背中を押されて、自分の中のタイミングよりも早く線路が真下に見えた。願ったり叶ったりの状態だったにもかかわらず、右側遠くに車体が見えて一気に恐怖が私を襲う。

どうしてだろう。ついほんの少し前まではなんの怖さも未練も感じていなかったのに。

その瞬間、私は思った。

——死にたくない。

まだ死ねない。ここで死んではダメだ。

確かに私が悪かった。私のせいで美紀を傷つけた。でも、それぐらい私は美紀のことが大好きだった。そのことをまだ伝えていないのに。

きいちゃんにも、私にとってかわいい後輩なんだと言えてない。お父さんにも、これまで私の味方でいてくれてありがとうと感謝を述べたい。弘海先輩にだって——。

けれど私の意に反して体は傾き、重力に逆らえず線路に落ちていく。スローモーションのように背景が流れ、電車が近づいてきて、人間の叫び声が耳をつんざき……。

「——杏那！」

よく知る声にはっきりと名前を呼ばれたのと同時に、なにかにグッと力の限り肩を引かれた。

刹那、正面からの突然の爆風に煽られる。

ふわっとした浮遊感のあと、体はコンクリートの上に投げ出され――私はそのまま意識を失った。

寝ても、覚めても

目が覚めて最初に見たものは、泣いてぐしゃぐしゃになったお父さんの顔だった。私が起きたことに気づいたお父さんはナースコールを押すよりも先に、病室のベッドに横たわっていた私を抱きしめた。

コンクリートに打ちつけられた体はどこもかしこも痛んでいたが、お父さんのぬくもりに包まれている間だけは、なんの痛みも感じなかった。

聞いた話によると、愉快犯に背中を押された私は線路に落ちそうになったが、電車が入ってきたのと同時に突発的に吹いた爆風に煽られ、一命を取り留めたのだという。風があまりに強かったので怪我人も何人か出て、駅は一時的にパニック状態に陥ったそうだ。

愉快犯は現行犯逮捕されて、私は病院へ運ばれた。

かなり強く体を打って打撲していたものの、骨折などの大事には至らなかった。かすり傷は一週間も経てばかさぶたになったし、痛みも徐々に良くなった。

事故のことは当然学校にも広まって、二週間の安静ののちに登校すると、いつもなら花壇で出会うはずのきいちゃんが朝練をすっぽかして校門で待ってた。

そして、そこには美紀の姿もあった。美紀は私の姿を見つけるなり走ってきて私を抱き寄せた。きいちゃんがそのあとに続いて私たちを包み込んだ。

『もう会えないかと思った』

そう言ってくれたのは美紀だった。

その瞬間、堰を切ったように涙があふれ出し、私たちは予鈴が鳴るまでその場で抱きしめ合っていた。

きいちゃんは涙も鼻水も流しっぱなしで、会話は到底できなかったけれど、ホームルームのために玄関で分かれるまで『杏那先輩』と何度も名前を呼んでくれた。

普段は机に向かって私などに見向きもしなかったクラスメイトも、教室に入った私に『無事でよかった』と言葉をかけてくれた。

みんなの安堵とも恐怖ともつかないような表情から、本当に心配してくれたのだと知った。あれだけ冷めていると感じていた私とクラスメイトの間には、私が思っているほど分厚い壁はなかったようだ。

その証拠に、私が理系クラスにいながら文系大学を受験することに決めても、文句を言われることはなかったし、早朝講座のプリントのコピーを貸してくれるなど、遅れを取っている私のサポートまでしてくれた。

もともと私は理数科目のほうが得意で理系クラスに所属していたので、苦手科目の国語を克服するのに時間を要したが、一年の浪人を経て、県外の国立大学の教育学部へ進学を決めた。

私がそこへ進もうと思った理由は、ただひとつ。同じ科目の教員になれば、いつかどこかで弘海先輩に会えるかもしれない。そんな単純で不純な動機だった。

意識を失う前、最期に聞こえた私を呼ぶ声は、ずっと鮮明に耳に残って、褪《あ》せたりなどしなかった。

あのとき、線路に落ちる私の肩をぐっと力強く引っ張った手の感触を私は確かに知っていた。姿を見ることこそ叶わなかったが、私の名前を呼んだあの声も、絶対に聞き覚えがあった。

さらに、倒れていた私のすぐそばにあったから私のものだろう、と病室の床頭台《しょうとうだい》に置かれていた腕時計は、間違いなく、早瀬神社の帰りに見かけた弘海先輩のもの。

突風のおかげで命拾いしたのだと教えられたが、助けてくれたのは弘海先輩だったはずだ。それなら、私の様子を見に来てくれてもいいのに。

でも、弘海先輩が私を訪ねてくれる気配は一向になかった。入院している間も、自宅療養中も、弘海先輩からの連絡はいっさいなかった。

その上、しばらくは私の身の安全を第一にと考えたお父さんが送迎をしてくれ、学校と家だけを行き来する生活が続いたため、あの約束の場所に足を運ぶことも、弘海先輩が在籍している大学へ行くこともなかった。

弘海先輩はあの日、私用でやむをえず早退してしまったときいちゃんから聞いたが、それ以上の情報は得られていない。

花純先生には〝ただの先輩後輩〟と断言してしまっていたし、短い時間ではあったが、私たちは〝先生と生徒〟だった事実がある。弘海先輩の所在をわざわざ訊ねれば、先生たちに私との関係性を変に勘ぐられて、悪い印象を与えてしまうかもしれない。だから誰にも弘海先輩の消息を聞かなかった。

代わりに、彼が残した時計をお守りとしてポケットの中に入れ、いつも持ち歩くことにした。

秒針の止まった、時計。きっと私を助けたときの衝撃で表面のガラスにひびが入ってしまったのであろうそれは、電池を入れ替えれば再び動き出した。カチ、カチと動く秒針は、私の心臓の音に呼応して、私の時も刻み始めた。

いつかこの時計を持ち主に返すときのために――弘海先輩に想いを伝えるために、私は今日もこの世界に生きる。

笹舟の約束がなくても、いつかまた巡り合えるという奇跡を願い、再会への希望を糧《かて》に、七年の歳月が過ぎた。

＊　＊　＊

教師も走る十二月。私は一教員として駆けずり回っていた。

終業式を来週の金曜日に控えた土曜日の今日は午前授業だ。四時間目まで終え、掃除もホームルームも終わり、生徒たちはとっくに解散を命じられている。それなのに、スクールバスまで時間あるから、などと適当な理由をつけて、今日も三人の女子高生が国語ゼミ室にやってきた。

「ミミ先生、今日、ちょっときれいなかっこしてるのは合コン？」

「目ざとい。でも違う。今日は忘年会」

半分複雑、半分楽しみな心境で返す。

「ああ、国語科の」

「そうそう。いったん家に帰ろうかとも思ったけど、学校でいろいろやることあるから直行しようと思って」

「なんだぁ。てっきりクリスマスのための彼氏探しにめかし込んでるのかと」

私に彼氏がいないと知ってから、きれいめな服を着れば、いつも二言目にはこれだ。からかうような口調に少しムキになる。

「ちょっと、私に彼氏がいないことバカにしないでくれる？　いいのよ、まだ。白馬の王子様が待ってるんだから」

「そう言う人に限って婚期逃すってよ」

仲よしの三人は、きゃらきゃらと笑った。

こんなふうに先生相手にタメ口を使ってくる生徒と気兼ねなく話をするのも、あと少しと思うと寂しい。

今日の夕方は国語科の忘年会だ。行きつけの居酒屋で一年間の労をねぎらう場に、臨時教諭の私も招待にあずかった。

「ミミ先生、三学期も来ようよ」

ひとりが口をとがらせて、他のふたりも私の机に群がって、「そうだ、そうだ」と小鳥のように声をそろえた。

「私もそうしたいのはやまやまなんだけど、決まりだから」

「なんでぇ。あと三ヶ月も変わんないよ」

「ていうか、なんでミミ先生の勤務って中途半端に二学期だけなの。どうせなら三学期まで雇えばいいのに」

母校の高校に臨時教諭として赴任して早三ヶ月。私が任されたのは二学期という短い間だけなので、年を越せばもうここにはいられないのだ。

大学卒業後、私は在学中にアルバイトをしていた塾から熱烈なラブコールを受けて、そこに就職を決めたが、教員採用試験の勉強は続けていた。

そんな折、母校で一学期に不運にも事故に遭い、そのリハビリに徹する先生の代わりを探すべく、二学期の臨時国語教諭の募集をしているという情報を聞きつけた。もちろん私は迷わず応募し、二十五歳になった今年、母校で二学期の間だけ教鞭をとることが許されたのだ。

私が受け持ったのは高校一年生だったが、突然変わった環境にも生徒たちもすぐ慣れて、『ミミ先生』と慕ってもらえるようになった。

私の愛称が『ミミ先生』の理由は、七年前のあの先生対抗借り物競争で歴代最速一位を飾ったときの写真が学校案内のパンフレットに使われるようになったことに起因する。一時期広まった私のあだ名は、恥ずかしげもなくネコ耳をつけ一位に貢献した雄姿と共に語り継がれて、今に至るということだ。

それから陸上競技大会の年は、先生や教育実習生たちが記録を塗り替えようと頑張っているが未だ果たされず、らしい。

そんなわけで、いろいろと恵まれた時間がもうあと一週間で終わってしまう。私はもちろん名残惜しく思っているものの、生徒たちもその気持ちは同じのようで、この三人の他にも連日、国語ゼミを意味なく訪問して来る生徒も多い。

心底残念がってくれている様子の三人に、ほっこりと胸が温かくなる。しかし、決まりは決まり。どんなに願ってくれてもどうすることもできない。

「でもほら。そしたら休んでた先生が帰ってくるじゃん」

「えー、葛西ぃ？　葛西は授業はわかりやすいけど、なに考えてるかわかんないもん。

ミミ先生がいい」

「でもイケメンじゃない。目の保養！」

「別に葛西なんて普通だよ。嫌いじゃないけどさあ、ミミ先生にまだいてほしい」

「なんて嬉しい言葉！　でも決まりだからね」

ええー、とブーたれる生徒たちに曖昧な返事をして笑ってごまかす。ちらりと時計を見るともう一時半だ。あと五分もすればスクールバスが出発する。

「ほら、もう行かないとバスに逃げられちゃうよ」と生徒たちをゼミ室から追い出して「また月曜日ね」と見送る。

思いの外の長居に驚いた三人は、ゼンマイ仕掛けの人形みたいにぴょんと飛び上がり「やっばい！」「じゃあ、先生また月曜日！」「ばいばーい！」とバタバタ走っていった。

「葛西先生、か」

ひとりのゼミ室で、その名前を口にする。パンツのポケットから腕時計を取り出して、その秒針が動くのを確認した。

再び動くようになってから私のお守りとなっているステンレスの時計は、持ち主がいなくなってからもずっと時を刻み続けてきた。私の時を、そして——きっと、弘海先輩の時も。

そうなのだ。私は葛西先生、もとい弘海先輩の代わりに、この高校にやってきた。というのも本来は、大学卒業後に教員採用試験を受け、高校あるいは中学教師になるつもりだった。しかし大学三年生のときに教育実習を終え、四年生になったタイミングで彼がこの学校に国語教師として戻ってきていたことを知り、進路を変更した。弘海先輩に会うため、この学校の国語教師になるべく、その座を虎視眈々と狙っていたのだ。なので採用の連絡をもらった時は天にも昇る気持ちだったが、本末転倒。結局会いたい人には会うことができない上に、その人の代わりを務める日々が続いた。

それでも再会が約束されていたので、私は今日まで弘海先輩の空席を埋めるため、日々努力を重ねてきた。生徒に主に勉強を教える〝講師〟と、学校という大きなコミュニティの中で勉強だけではなく、生徒一人ひとりと向き合わなくてはいけない〝教師〟という立場は勝手がまるで違って悩むことも多かった。けれど、私なりに最大限できることはやれたはずだ。

代理教師として、弘海先輩とは、授業内容や生徒の理解度の状況など、日々の報告をメールで行っていた。本当は電話でもよかったのだが、私の方がなかなか勇気を出せなかった。『必ず会う』と意気込んでいたわりには、弘海先生の不在に安心していた面もあったのだ。実に七年ぶりの再会に、どのように振る舞おうか。それを考える猶予を三か月も与えられたのだから、ゆっくりここを去るまでに考えよう、と悠長に構えていたが、その時は少し早くやってきた。

今日の飲み会に、弘海先輩も出席するそうなのだ。もうほとんど生活に支障がない程度に回復したらしい弘海先輩を私の顔合わせも兼ねて設けられた宴会でもあるのだと、今朝、花純先生に知らされたときは、楽しみだった恩師とお酒を飲み交わす機会が、一気に不安なものになった。

『先輩後輩の間柄だし、今さらかたっ苦しい挨拶だとは思わずにね』と言われたけれど、思い起こせば過去が過去なだけに気まずい気持ちがあるのも事実。いざ会えるとなると、嬉しいよりも複雑な心境だった。

それに私は心のどこかで、本当にそれは弘海先輩なのか、と疑念も抱いていた。何度か交わした文面のやりとりで、弘海先輩は私の過去に触れてくることもなければ、私自身に気づいたような反応もいっさい見せなかったからだ。とはいえ花純先生が嘘をつくはずがないので、これから私が会う人は私の知る弘海先輩で間違いはないのだけれど。

考え込んでいた脳が、ぎいっと開く扉の音を認識する。慌てて時計をポケットにしまうと、両手にお弁当を抱えた花純先生が足で扉を開けて入ってきた。

「あら、行儀悪いところお見せしてしまってごめんなさいね」

なんでもないように笑う花純先生から売店のお弁当を受け取り、お礼を言った。

「すみません。ありがとうございます」

「いえいえ。みんなは帰ったの？」

「バスの時間で帰りましたよ。もう慌ただしいのなんのって」

「でも、なんだか浮かない顔しているのは、そのせいじゃないよね？」

確認するように聞いてくる花純先生に、私は曖昧に笑った。七年前も、今回も、私の悩みは彼女にお見通しのようだ。

ここに来て初めて知ったことだったが弘海先輩は当時、私の様子がおかしいと――もっとも、私が自殺未遂だったことは伏せていたようだが――花純先生に伝えていたらしい。

薄々気づいていた花純先生はそれもあって、しばらくは私の様子を見つつ、声をかけてくれたらしかった。学生時代に私との関わりがあった弘海先輩をできるだけ私の近くに置いて、同じゼミ室の酒田先生は敢えて席を外していたそうだ。

私は知らない間に多くの人に守られていたのだと、この歳になって初めて気がついた。

「実は、緊張で吐きそうです」

「なら吐いてスッキリさせてきなさいな」

「そういう問題ではなくてですね……」

「でも大丈夫だと思うよ」

花純先生は私の向かいのデスクに着いた。

今は花純先生と酒田先生と私の三人で使っているゼミ室。私の席は、いつか弘海先輩がしていたように、壁に向かった生徒机をふたつ並べたもの。ちなみに酒田先生は終業の鐘と共に先に帰られてしまった。

「葛西くんも、杏那先生に会えるの楽しみだって言っていたから」

花純先生は嘘を隠すのがうまくて、私には見破ることができない。でも、そうであるといい。もし私に会いたくないと思っていても、私は会えたらひとことだけ伝えたいと思っていた。

花純先生は発破をかけるように言った。

「ほら、さっさと食べて、やることやって、飲みに行くよ！」

「はい」

いただきます、と手を合わせ、パキリと割り箸を割った。


花純先生に連れられてやってきたのは、小洒落《こじゃれ》た居酒屋さん。チェーン店ではなく個人営業のようで、同じ国語科の酒田先生のお知り合いのお店なんだそう。

店内はカウンター席とテーブル席があり、すべて満席。落とされた照明と流れるジャズ音楽はいわゆる居酒屋とは違いおしゃれな雰囲気を漂わせているが、壁にぶら下がっている品書きは【枝豆】【唐揚げ】【フライドポテト】と大衆的なものばかり。

私たちは奥の掘りごたつ席の個室に通された。

襖《ふすま》が開くと、私と花純先生以外の先生方はすでに全員着席して、メニューを眺めていた。私たちに気づくと「来ましたね」と空席を示してくれる。

「先生たち、お早いですね」

「紳士は早行動が基本ですからね」

一番年配の山口《やまぐち》先生が、私たちにメニューを差し出しながら答える。

お礼を言って私は中央に、花純先生はその隣に腰を下ろした。

国語科教諭は中高合わせて全十二名、その内女性は私と花純先生のみ。国語科教諭の著しい女性不足は私の在学中から有名で、私が来るまでは花純先生ひとりだった。

そんな花純先生も含めて国語科の人間はお酒好きのようで、飲み会は集まりがよく、今日ももれることなく全員参加。でも、まだ香月《かづき》先生の姿が見えない。

「あれ、香月先生は？」

花純先生が私の代わりに聞いてくれた。

「今、葛西を迎えに行ってますよ」

その名前が出て、ドキンと胸が跳ねる。

「相変わらず遅刻魔なところは変わってなくて、さっき電話したらまだ自分のところの駅だって言うので」

「様子も見にってことですか？」

「ふらふらして倒れられても困りますからね」

先生たちはメニューを見ながら会話を続ける。どうやら聞いていたよりもっとひどい怪我だったようだ。先生方の言葉からは気遣いがうかがえた。

「とりあえず、頼んでおきましょうか」

本日の主役が到着する前に、店員を呼んで各々まず飲み物を注文する。お酒はお母さんの血を受け継いであまり飲めないので、私はひとりジュースを頼んだ。

個室で仕切られているのもあってか、外の声はほとんど聞こえない。相変わらずジャズ音楽が部屋に流れて、先生たちの会話もポツリポツリ。生徒や授業のこと、冬休みの予定など、誰かがひとつ話して誰かがひとつ答えて話が終わる。

そんなことを繰り返しているうちに飲み物が運ばれてきたが、まだ香月先生たちは現れない。

すると、扉の向こうから従業員の「いらっしゃいませ」と言う声が聞こえた。足音はこちらに近づいてきて、すっと襖が開くと五分刈りの頭部が見えて、香月先生が姿を現した。

「遅くなってすみません」

香月先生は靴を脱いで上がると、コートとマフラーをハンガーにかけ、大股で奥のほうへ行き腰を下ろした。

私の目の前はまだ空席で、心臓の音がとくとくとくとはやる。先生方も、着席した香月先生と出入り口を見比べている。

「それで、葛西には会えましたか？」

山口先生がここにいる全員を代表して、水を一気飲みする香月先生に尋ねた。

全員の視線を受ける香月先生は首をかしげて、空になったグラスをテーブルに置く。

「会えましたよ。え？　葛西？　なにもったいぶってんだ、早く入れ」

再び視線は出入り口に移る。

香月先生に呼ばれて入ってきたのは、ブルゾンジャケットを着て、マフラーを巻いたその人。二重の瞼に、栗色の髪、キュッと結ばれた形のいい唇、そして私と同じ位置にある鼻梁のホクロ。

間違いなく私の知っている、葛西弘海先輩。最後に会ったときよりも随分と雰囲気が大人びて、当時の青年らしさは見当たらない。落ち着いた成人男性の姿がそこにはあった。

一瞬だけ視線がかち合った。だけど、『もしかして私に気づいた？』という淡い期待は、逸らされたことによりすぐさま消え去る。

弘海先輩は恐縮したように頭をぺこりと下げて、私になど見向きもしなかった。

なにかに心臓を掴まれたようにきゅうっと胸が苦しくなり、私も視線を落とす。

「おお、葛西。久しぶりだな。突っ立ってないで座りなさい」という先生方の声に「あ、はい」と間抜けに返事をした弘海先輩は、予《あらかじ》め用意されていた私の前の席に腰を下ろした。

グラスの水を飲むふりをして、ちらりと目の前の弘海先輩を盗み見るけれど、まるで彼の前には誰もいないように、左右の先生たちばかりと言葉を交わしている。

……なあんだ。緊張して損した。いつか心変わりがどうのと言っていたのはこういうことだったのかもしれない。もう七年も経っているのだからそれなりに環境も、もちろん考え方も変わっているだろう。きっと弘海先輩にとって私は、あの一瞬だけの関係だったのだ。

全員そろったところで、乾杯の音頭がとられた。

私のりんごジュースのグラスは弘海先輩の烏龍茶《ウーロンちゃ》のグラスと触れ合ったが、やはりただのひとこともかけられることはなかった。弘海先輩は絶えず誰かと言葉を交わしていて、体はずっと左右を向いていた。すぐ近くにいるのに、目を合わすこともできない。私たちを隔てる壁がはっきり見える。

来なければよかった。断ればよかった。そもそも、応募なんてしなければよかった。考え始めると止まらない。じわじわと焦点がずれ、暗闇が顔を出す。話し声が頭の中でぼんやりと木霊《こだま》して、視界がどんどん暗くなる。

「しかし、お前も不運なやつだよ。でもよかった。生きててくれて」

香月先生の言葉によって、自己嫌悪に陥りそうだった私は咄嗟に引き上げられた。

「葛西の事故の話を聞いたときは、心臓が止まるかと思いましたからね」

「奇跡的な回復だったって聞いたぞ」

先生方は口々に「よく頑張った」と弘海先輩に声をかけた。

弘海先輩は照れたように笑って「お騒がせしました」と首の後ろに手を当て、頭を下げている。

「……そんな、大きな事故だったんですか？」

まるで弘海先輩が黄泉《よみ》の国から生還してきたような物言いに、思わず尋ねた。私の言葉に弘海先輩が一瞬だけこちらを見た気がしたが、私の視線は山口先生に向かっていた。

先生たちの視線がいっせいに集まる。失言だっただろうかと怯えたが、「そういえば、八城に詳しい事実は伏せていたね」と山口先生が優しく微笑んだ。

弘海先輩が事故に遭ったという話は聞いていたが、詳しい事故の内容は伏せられていた。かえって詮索するのもよくないかと、私のほうから聞くこともしなかった。

個室内はしんと静まり返り、山口先生がテーブルにグラスを置く音がやけに響いた。

「実は葛西は……六月に電車との衝突事故に遭ったんですよ」

「えっ……？」

電車の、衝突事故……？

脳内が真っ白になって、その言葉だけが認識される。驚きで瞠目する私を見て、正面に座る弘海先輩がふっと笑ったのがわかった。「お前、笑い事じゃないぞ」と香月先生に怒られて、弘海先輩は「すみません」と申し訳なさのかけらもなく謝った。

「残業帰り、ホームで電車を待ってるときに酔っ払いに背中を押されて線路に落ちたんだそうです。幸い、こっぱみじんになることはありませんでしたが、投げ出されたときの衝撃と、比較的軽くではあったそうですが電車との接触で数日は意識不明。一時は危ぶまれましたが、奇跡的に彼は目を覚ましたわけです」

山口先生はそこでビールをひと口含んだ。

当然といえば当然だが、まったく知らなかった事実に、山口先生がどこか異国の言葉をしゃべっているようにも聞こえた。

「全身どこかしこもかなり傷ついていたけど、リハビリと療養を経て、今は飲み会まで顔を出せるようになりました」

ジョッキも持てますよ、と隣の先生のジョッキを持ち上げ、最後は弘海先輩が笑顔で答えた。その冗談で、張り詰めていた空気は穏やかになったが、私の胸の内だけは依然として落ち着かなかった。

七年前のあの日々が、弘海先輩と本当の意味で最後の時間になっていたかもしれないのだ。想像すると恐ろしかった。

生きていれば、またいつかどこか出会うかもしれない。そう思っていたけれど、違う。生きていても、もう会えない可能性だってあった。

……でも、そのことに愕然としているのは、おそらく私だけ。弘海先輩の口調は軽くて、奇跡的に生き延びたことが、まるでアイスの当たり棒を当てたかのようだ。再会に緊張して、喜んでいるのは私のみ。あんなに切実に私に『信じて』と迫ってきた弘海先輩の影も形も見当たらない。

私はポケットの中の時計を無意識のうちに握りしめていた。

「そういえば、八城も危うく葛西と同じになるところだったな」

今度は私に話が振られて、はっと顔を上げる。弘海先輩のほうが大事《おおごと》ではあるが、奇しくも私たちは同じような経験をしたようだ。普通ならここで『本当ですね』と笑顔で答える場面だろうが、私にはできなかった。

弘海先輩に会ったら、あのとき助けてもらったお礼を言おうと思っていた。その流れでどこかでお茶して、あわよくば連絡先を交換して、また再会を誓えるのではないかと淡い期待も持っていた。

しかしここでお礼を伝える機会をもらっても、弘海先輩にしてみれば迷惑に違いない。なぜなら先輩は、私とは〝臨時の先生〟としてしか関わる気がないようだから。最初に目が合わなかったことがすべてを物語っていた。

再会は叶ったけれど、それだけ。このあとの未来までは約束されていない。長く思い続けた時間に終止符を打つときが来た。個人的なお礼を鬱陶しく思われても嫌だから、ここでさらりと終わりにしてしまおう。

弘海先輩が箸を止めたのを視界の端で捉えた。でも、弘海先輩の目を見てなにか言うことはどうしてもできなくて、体だけ正面を向いて俯き、『あのときは、助けてくれてありがとうございました』と口を開きかけたときだった。

「同じこと……？」

突然聞こえた呟きに顔を上げると、なんのことだかわからないと訴えるように弘海先輩がこちらを見ていて、私は言いかけた言葉を飲み込んだ。

あのとき私を助けてくれたのは、弘海先輩のはず。けれどどうして、私の事故のことを初耳のように、そんなにも瞳を揺るがせているのだろう。

「お前も知ってるだろう。ほら、教育実習の最終日に八城がホームで愉快犯に押されて危うくホームに転落しそうだったっていう話」

「えっ……？」

「運良く突風に煽られて一命は取り留めた、奇跡的な話だよ。あのときは突風のせいでプラットホームでも怪我人が出て大変だったっていう」

弘海先輩はなおも目を泳がせて、話を飲み込めていない様子。うろたえる彼を前に、私の頭の中は疑問符で埋め尽くされていった。

うんともすんと言わずに黙ったままの彼を不審に思ったようで、先生は眉間に皺を寄せる。

「覚えてないってことはないだろう。だって八城と親しかったはずだろ、葛西」

「でも、もしかしたら葛西は知らなかったかもしれませんよ」

他意はないはずだが問い詰めるような口調に、割って入ったのは酒田先生だった。

私も弘海先輩もすがるように酒田先生を見る。

酒田先生は持っていた箸を置いて、グラスの水を飲んだ。

「あのとき確か葛西は、個人的な事情で早退していたはずですよ」

「ああ、そういえばそうでしたね。ご家族が倒れたとかなにかで。結局大事に至らなかったと聞いて、ホッとしましたが」

当時の状況を思い出したのか、他の先生が続いた。

「それに、事故の件は突風のことと合わせて報道されましたが、実際八城の個人情報は出ないようにしましたし。結果的に八城は大丈夫でしたから、わざわざ知らせて心労を増やすよりも、家族のことに専念してほしいと連絡を控えたんですよ。悪かったね、葛西。今まで黙ってて」

「あ、いえ……変に気を遣わせてしまったみたいで……」

助け舟を出された弘海先輩は、一瞬だけホッとしたように見えたが、また表情を曇らせたのを私は見逃さなかった。

「八城は短い間だったけど、教員として過ごして、どうでしたか？」

酒田先生の温かい眼差しは私にも向けられた。

酒田先生とは学生時代はほとんど関わりがなかったけれど、今年は同じゼミ室で、本当にお世話になった。今年度の山口先生に続いて、来年度をもっての定年退職が決まっている。また機会があれば一緒に働きたいと願っていたがそれは叶いそうもないので、私はお礼の気持ちを込めて言った。

「とても、楽しかったです」

私のひとことに、他の先生も安堵した表情を浮かべている。酒田先生は目を細めて、大きくうなずいた。

「八城も葛西も、一度は失いかけた生徒がこんなふうに立派になって、僕らは誇りに思いますよ。さあさあ、今日はせっかくの宴会だからしんみりしてもしょうがないでしょう。そろそろグラスが皆さん空ですね。二杯目を頼みましょうか？」

考えたり、物思いにふけるのはあとででもできる。今はせっかくの宴会の席だから楽しまなければ損だ。私も今だけは、過去のことも弘海先輩のことも忘れて、約四ヶ月間の短い教員生活を振り返り、この時間をめいいっぱい過ごすことに決めた。

二度目の乾杯のあと、宴は酒が進み、みんなが陽気になるにつれて、無礼講《ぶれいこう》だとお互いに暴露話を始めたり、しまいには花純先生が持ってきたビンゴゲームまでやるという大盛り上がりを見せた。ゲームに負けたふたりで勘定折半《かんじょうせっぱん》という財布をかけた戦いは、働き盛りのふたりの先生の敗北に終わった。

そして翌日が日曜日ということもあり、六時に始まった宴会は終電間際にお開きになった。

皆それぞれに家庭を持つ先生なので、二次会もなく帰路についたわけだが、私は弘海先輩と肩を並べて駅へ向かっていた。

香月先生の『お前ら同じ路線だろ。葛西はリハビリがてら、八城を送っていけ』という言葉がきっかけだった。国語科の先生たちは皆それぞれに『これ以上遅くなるとカミさんが怒る』というもっともらしい理由で、私を弘海先輩に押しつけたわけだ。

私はもちろん丁重にお断り申し上げたが、『若い女の子が夜道をひとりで歩くのは危険よ』という花純先生の助言のもと、弘海先輩が私を送らざるを得なくなったというのが状況としては合っている。

ふたりっきりにさせられて、私はひどく困惑していた。

きっと弘海先輩だってそうに決まってる。

車も人もまばらな夜道を歩いている間、私たちの間に会話はなかった。ただただ、自分たちの足音と、往来する車のエンジン音を聞きながら駅に着き、改札を抜けた。

プラットホームには、私たちふたり。時刻表の前に距離を開けて立った。

電車が来るまで、あと十分。ふたりの間をただ風が通り過ぎて、一分が一時間のように感じられる。

数歩先には白線と点字ブロックが見えて、その先は闇。ぽつり、ぽつりと家の光が暗闇にぼうっと浮き上がって、人魂のようだ。

七年前、高校三年生のあの日、私は確かにあの闇に突き落とされるところだった。でも、誰かによって死の淵《ふち》から引き上げられた。

『杏那！』と呼んでくれたのはきっと弘海先輩のはずだけれど、どうやら今日の話を聞いた限り、やっぱりあれは弘海先輩ではなかったらしい。でも、私が耳にしたあの声は、間違いなく今隣に立っている人のものだった。

なんとかそのことを確認したい。けれど弘海先輩の身に覚えはないようだから、聞いたところでなんのことだかわからないと否定されるだけかもしれない。弘海先輩はもう、私の知っているあの頃とは変わってしまったようだから。

それでも、私はいつかまた会えたら伝えようと思っていたことがあった。打ち明けられても困るかもしれないが、この機会を逃せば、きっと私は生きていることを後悔する。受け止めてもらえなくても構わない。ひとつだけ知っておいてほしいのだ。

「弘海、先輩」

久しぶりに名前を口にして、少し声が上ずった。

しかし弘海先輩は私の呼びかけに返事をすることなく、線路の向こうに見える夜の街並みを見据えている。

緊張で暴れる心臓を落ち着かせるように胸に手を置いて、息を吸い込んだ。

「……私、先輩の時計……預かってます」

空気が揺れる。見上げると、こちらを見下ろす弘海先輩と目が合った。

その事実にどうしようもなく胸が熱くなる。どくん、どくんと心臓がものすごい速さで動く。

「……時計?」

他にもなにか言いたいのを全部飲み込んで、それだけ発したようだった。

私は慌ててパンツのポケットから、あのときの時計を取り出した。

カチ、カチ、と秒針音のするそれを目の前に差し出すと、弘海先輩は遠慮がちに私の手のひらからそれを受け取った。

やっと、返せた……。

待ち望んでいた瞬間に安堵するも、私はもうひとつ問いかけた。

「あのとき私を助けてくれたのは……先輩ですか？」

――ピンポーン。

合図と共に、構内アナウンスが流れる。

《まもなく、二番線に電車が参ります。危ないですから、白線の内側に下がってお待ちください》

人もいないホームに入ってくる電車の音はやけに響いて、頭の中にガタンゴトンと木霊する。

弘海先輩は唇をぐっと噛んでいた。なにかに耐えるように、その喉がごくりと動いた。

電車は数秒後、ゆるやかに停車し、ピコンピコンという電子音と共にその扉が開いた。車内からの光がまぶしくて咄嗟に目を細める。

「僕の話、聞いてくれる？」

時計ごと私の手を握った弘海先輩をまっすぐに見つめ返して、私はうなずいた。

駅から歩いて十五分ほどのマンションの三階が私の実家。進学と就職でこの地を離れたが、臨時教諭として働く間だけ、お父さんがひとりで住むここに戻ってきた。

お父さんはとっくに帰宅し、私が電車に乗り込んでから、就寝する旨のメッセージが可愛らしいスタンプと共にトークアプリに届いた。もう寝入っているだろう、とできるだけ音を立てないように鍵を開けて中に入ると案の定、部屋の電気は消えていて、お父さんの革靴が一足、玄関に出ているだけだった。

『杏那を、引き取らなければよかった』

その言葉の真相を知ったのは、事故の翌日のこと。

駅員さんの話も半聞で一目散に走ってきたお父さんは、お父さんが吐露した言葉のせいで私が自殺を図ったのだと勘違いしていたそうだ。花純先生から連絡はもらっていたものの、なかなか事実を受け入れることができず、また自分のことでも精一杯で、お父さん曰く私のことは〝後回し〟にしたのだそう。

私が目覚めたあと、『失いそうになって初めて気づくなんて、親失格だ』と泣いて謝られたが、許す許さないという問題以前に、ちゃんとお父さんの娘として存在してもいいのだとわかって、私も手放しで泣いた。

あの言葉は、本当に私が邪魔だったわけではなかった。忙殺《ぼうさつ》される日々の中で精神的に参っていて娘にさえ当たってしまいそうな恐怖と、悩みを抱えつつも父親の顔色を伺いながら生活している私に対する申し訳なさから思わず出てしまった弱音だったそうだ。

以来、お父さんの私の扱いは甘く、かなり過保護だ。今では主にメッセージのやりとりで近況報告をするが、ひとり暮らしを始めたときは毎日のように電話がかかってきた。長期休みは必ず帰省を強いられるし、毎年一度は旅行へ行き、今年の夏は温泉を巡った。

この家にいる間は、録りためたドラマを休日に一緒に見たり、外出したり。週末の夕飯は台所に並んで作っており、親子の仲はいっそう深まったようにも思う。

ちなみに事故の話はお母さんにも伝わっていて、私に直接連絡が来た。電話越しながら初めて私のことで取り乱すお母さんに、私はちゃんと愛されていたのだと知った。それからは一年に二、三回だった外食が、月一回に増えている。

「お邪魔します」

「どうぞ」

弘海先輩が小声で言うので、私もつられてささやき声になる。泥棒みたいに抜き足差し足、ジェスチャーを交えながら弘海先輩を自分の部屋に通した。

「狭いですけどすみません」

電気をつけると、弘海先輩が私の部屋にいることを改めて実感してしまい、途端に緊張してきた。一応いつも片付けて、きれいにしているつもりだけど。

「いや、全然だよ。こちらこそごめん。お父さん大丈夫？」

「大丈夫です。眠りは深いほうだから。洗面所は通路の奥にあります。上着は適当に置いてください。コーヒーでいいですか？　インスタントですけど」

「お構いなく。ありがとう」

脱いだ上着をローテーブルのそばに置いて洗面所へ行く弘海先輩を見届け、私は台所に立った。魔法瓶の中にはまだ熱いお湯が入っていて、きっと帰ってくる私のためにお父さんが沸かしておいてくれたのだろうということがわかる。

戸棚からインスタントコーヒーのスティックを出して、マグカップに入れて溶かす。透明の水がみるみる深い茶色に染まり、薫りが漂ってきた。

ダイニングテーブルのカゴの中には今日の朝にはなかったお菓子が入っていて、【杏那の分】と付箋《ふせん》が貼られていた。

付箋をとって、お菓子のカゴとマグカップをお盆に乗せる。

戻ろうとお盆を持ち上げようとしたところで、弘海先輩が隣に立っていたのに気づき、危うく大声をあげそうになった。かろうじて口をOの字に開くだけに止めることができたが、弘海先輩は私の顔に声もなく吹き出すと、お腹を抱えた。

胸に手を当て、驚いた心臓を落ち着ける私の前で、ひーひーと声にならない笑いをあげる弘海先輩は失礼極まりない。少し腹が立って弁慶の泣き所を蹴ってやると、彼はまた別の声にならない唸り声をあげた。

気にせず先に部屋に戻る。

お盆を持ち上げていたら確実にひっくり返すところだった。ひっくり返すだけならまだしも、火傷《やけど》することだってあったかもしれないのに。

「ごめん、悪かった」

ローテーブルにお盆を置いたところで、向こう脛《ずね》をさすりながら弘海先輩が戻ってきた。ドアを閉めて向かいに座った彼を睨みつけながら、コーヒーのマグカップを差し出す。

「危ないです。こぼしたらどうするんですか」

「手伝おうかと思って。逆効果だったね、ごめん」

ありがとう、と弘海先輩は受け取ると、暖をとるようにマグカップを両手で包んだ。足を崩してもいいのに正座していて、なんとなく落ち着かない様子だ。指先でトントンとマグカップの表面を叩いている。

「緊張、してます？」

私も男の人なんて実家に通したことがないから他人をどうこう言えないが、雰囲気を和ませるつもりで声をかけると、弘海先輩は大真面目な顔をした。

「そりゃあ、女の子の部屋だし」

「……高校生みたいですね」

「好きな人の部屋だから。なおさらだよ」

さらりと言ってのけた弘海先輩は、「いただきます」とひと口。

一方私はというと、突然の爆弾発言に、持ち上げたマグカップを危うく落とすところだった。暖房をつけた部屋はまだ十分に温まっていないのに、変な汗が出てくる。

途端に緊張して、マグカップを置く手が震え、ガタンと音を立ててしまった。

「杏那のほうが緊張してるね」

「だって、弘海先輩が――」

「でも、本当。僕、高校のときずっと杏那が好きだったんだ」

はっきりと言われた過去形に、ずきりと胸が痛む。

弘海先輩はマグカップから立ち上る湯気を見ながら続けた。

「編入してきたばっかりの頃はね、周りは当然エリートぞろいで、新参者の僕は馴染めなかったんだ。教室にはいづらくて、広い校内を休み時間に散歩するのが唯一の息抜きだった。それである日、化学室の裏に花壇があるのに気づいたんだ。多分あの感覚は、砂漠にオアシスを見つけたのと似ていると思う。あまりにきれいに咲き誇る花に感動すら覚えて、気づいたら泣いてた」

あの花壇を思い起こしているのだろうか。弘海先輩の目に涙の膜が張っている。

きいちゃんは宣言通り、私の卒業後に後継者を育てて、どうやら今では高校三年の持ち回り制になっているらしい。卒業前に必ず一回は花壇に水をあげるのが決まりごとで、それが受験生にはいい息抜きになっているようだと花純先生が教えてくれた。

私も何度も、三年生の子たちがひとりで、あるいはグループで花壇に水やりしているのを見かけた。

そんなきいちゃんと私は今でも頻繁に連絡を取り合っていて、この九月には早瀬神社のライトアップを見に行き、笹舟を流してきた。

「いじめられてるわけでもない、ただ僕が馴染めなかっただけなのに大げさだって言われるかもしれないけど、それくらい僕は参ってたんだ。だから僕は花壇に水を上げていた、当時中学生だった杏那に惹かれた。ひとりでもなんだか楽しそうで、いいなと思っていたんだ」

『誰にも邪魔されない、自分ひとりの時間を持ってる先輩に、なんだか惹かれたんです』

いつかのきいちゃんの言葉を思い出す。『自分ひとりの時間を持ってる』なんて大層な言われようだけれど、確かにあの花壇での時間は大事なものだった。特にみんなと関わることに無理をしていたわけではないけれど、どこかで虚勢を張っていて、いつも緊張していた。

それが花壇に水をやっている間は魔法のように解けて、自分らしくいられるような気がしていた。特別な人がなかなかできないことを焦る必要はないのだと、思うことができた。

「さりげなく、当時僕のことを気にかけてくれた花純先生に花壇の話を持ち出したら、杏那の話をしてくれた。それで吹っ切れたんだ。別にひとりでもいいんじゃないかって。無理して周りに合わせなくても、自分のペースで進んでいけば、自ずと他人との関係もできあがってくるんじゃないかって」

それから弘海先輩は、気分が落ち込んだときにはあの花壇で咲いている花々を見て充電していたのだと教えてくれた。私は朝にしか花壇に行かなかったし、弘海先輩は大体お昼にその場所を訪れていたからなかなか会わなかったようだ。

「案外、自分で思っているよりも壁は薄くて、周りも周りで僕の入学に戸惑っていたことを知ったよ。お互いを探ろうとしすぎて、うまくいってなかっただけだった。でも、きっかけがひとつ、ふたつと増えるにつれて、クラスに馴染むこともできたし、友達もできた。あとは、花壇の子と関わりが持つことが目標になった。そしたら運よく、あの水場に杏那がやってきたから、この機会を逃すまいって」

「でも、水をかけてきたのはどうかと思いましたよ?」

　ここまで黙って話を聞いていた私だったが、つい口を挟んでしまった。

　私はあのとき、出会ってすぐに弘海先輩をヤバい奴認定した。いくら暑いからといって、まだ授業も残っているのに水を頭からかぶるなんて正気の沙汰ではない、と。

　すると弘海先輩はおかしそうに笑う。

「時々すれ違うときに、よく友達とキャーキャーはしゃいでるの見てたから、乗ってくれるかなって。第一印象はインパクトが大きいほうがいいでしょ」

「弘海先輩って……」

「僕が初めに仲よくなったのは、積もった雪にシロップかけて食べたいって意気投合した奴だよ」

　類は友を呼ぶとはこのことだ。以来、その人とはサシで飲みに行くほど今でも交流が続いているらしいという、非常にどうでもいいエピソードまで披露してくれた。

「インパクトもなにも、相当ヤバい人だと思いましたもん」

「あの日はすごく暑かったから。でも杏那もけっこうノリノリで水浸しになってたじゃん」

　……言い返せない。確かにあれは涼しかったし、楽しかった。自分が水場に行った目的を忘れて水遊びに興じていた。

そういえば、あの時私を呼びに来てくれたのは、美紀だった。

一度割れた花瓶は元には戻らないけれど、金継《きんつ》ぎという技法があるように、私と美紀は高校一年生までの〝友情〟とはまた違った絆で結ばれるようになった。一浪した私の助けになってくれたのも、母校に弘海先輩が戻ってきたことも、今回の臨時教諭募集のことも、教えてくれたのは彼女だ。

そんな美紀は、この学校の化学教師である永岡《ながおか》先生と大学で出会い、この冬の初めに結婚した。ハレの日のために伸ばした髪に、私がプレゼントしたビジューコームをつけ、純白のドレスに身を包んだ美紀の姿が思い出されて、目頭がじわりと熱を帯びる。

「でもそのおかげで僕の存在を知ってもらえた。ただ、早朝講座のあとは花壇に通って、僕なりにアピールして、もっと仲よくなれるかなと期待もしたけれど、これは絶対、叶わない恋だなって半分あきらめたんだ」

「……どうして、ですか？」

思わず問うたあとで、厚かましかっただろうかと後悔した。別にだからどうしたというわけではないけれど、『好きだった』と過去形にされたことに私は少なからず傷ついたのだ。

弘海先輩は相変わらず立ち上る湯気ばかり見ている。

「杏那はいつも友達の中心にいて、男の子とも女の子ともみんな平等に接してる印象だったから。きっと僕のことも大勢の仲よしのひとりで、ちっとも異性として意識してなかったでしょ。だからなにも伝えられずに卒業しちゃった」

そんなことを当時の私は一ミリも知るよしもなく、弘海先輩はただ仲よくしてくれる、優しくて面白い先輩だと思っていた。

だから弘海先輩の言う通り、仮にもしあのとき告白されても私は付き合わなかっただろう。だって彼は卒業して大学に行ってしまう人で、物理的に離れれば精神的に離れてしまうことも過去の経験で知っていたから。

「高校時代の淡い思い出です」と静かに弘海先輩はつぶやいた。

私は返す言葉もなくて、マグカップを包む、若干カサついている白い手を見やる。

「でも、教育実習で母校が受け入れてくれることが決まったときは、正直胸が高鳴った。杏那にまた会えるかな。どんな女の子になってるかな。今でも花壇の水やりはしているのかな、って。蓋したはずの気持ちがまた芽を出して、あの朝に駅で杏那を見つけたときは、柄にもなく運命とすら思ったよ。高校時代も同じ路線だったのにまったく気づかなかったし、つい舞い上がって教育実習生の立場も忘れて声をかけようとした。でも次の瞬間、列の先頭に並んでいた初恋の相手は線路に消えていった」

弘海先輩の言葉はマグカップの中に落ちた。

そこで疑問が湧く。教育実習生受け入れの初日、私はあの駅にいた。死ぬつもりで先頭に並び、一歩を踏み出すところだった。でも弘海先輩に肩を引かれて、結局死ねなかった。

そう、私は死ななかったのだ。

「私、死んでない」

「うん。僕の夢の中ではね」

「……弘海先輩の、夢？」

弘海先輩はマグカップから離した手を、テーブルの上で組んだ。

「おかしいと思うかもしれないけど、最後まで聞いてほしい」

私はパンツのポケットの中に手を突っ込むが、お守り代わりにしていた時計を返したことに気づいて、ポケットを握った。

ふっと上がった睫毛に縁取られた弘海先輩の目が、真剣さをまとう。

「まず、僕のいない間、授業を受け持ってくれてありがとう。他の先生が言っていた通り、ひどい怪我だったんだ」

「線路に落とされたって……」

「そう。運よく轢《ひ》かれずには済んだけど、頭から落ちて。縫いもしたんだ、全部で十カ所？　腕も足も骨折。肩もすごく打ちつけて、リハビリに三ヶ月も要した。それほどの大怪我で、事故直後から三日ほど意識が戻らなかったらしい。その間に夢を見たんだ。あの日の夢。高校三年生の杏那と、大学三年生の僕が再会する朝の日の」

弘海先輩の瞳はとてもとても深い悲しみの色をしていた。私は瞬きをするのも忘れるくらい彼を見つめ返す。

「僕が人身事故に遭うあの日までの人生では、杏那は途中から姿を消してしまっていたんだ。目の前で誰かに死なれる経験なんて初めてだったから、それは僕の心に大きな影を落とした。ずっとずっと後悔していた。もしあの日もっと早く登校していれば、すぐ後ろに並んでいれば……。杏那はなにも残さないまま消えてしまったから、自殺した動機もなにもわからなかった」

弘海先輩は、本当に私の話をしているのだろうか。実際に私の身に起こったこととと、弘海先輩が〝過去〟として語っていることの相違に頭が混乱する。もう全快して、どこにも後遺症などが残っていないのは知っているけれど、やはり記憶の一部が飛んでしまったのではないかと疑わざるを得ない。

「残酷な話をするとね、杏那の体は事故のせいで見られたものじゃなかったらしい。でも僕はお葬式で杏那のお父さんに無理を言って、顔だけでも見せてくれって頼んだんだ。頭部に外傷はあれど、顔のほうはほとんど無傷でね。杏那はとても穏やかな顔をしていて……ああ、この子は幸せなんだ、と思ったら、僕がどれだけ悲しくて悔やんでいても、杏奈が死を選択したことを受け入れてあげるしかなかった」

しかし、そこで私はふと思い出した。

あのとき、弘海先輩が私の行動を読んでいたかのように私を引き止めたこと。どこか達観したような言動の数々。時々見せた憂いの表情。そして……。

『自分の存在が赤の他人に影響してないと思ったら、それは大間違いだよ』

再会した花壇で言われた言葉が脳裏によみがえる。

「あの当時、花純先生はもちろん失意のどん底に落とされてたけど毎日気丈に振る舞っていたし、畠本さんなんて涙を花にあげる勢いでずーっと泣き通し、授業中も鼻水すすってたのに授業は一回も休まなかった。そんなふたりを見て僕もなんとか精神を持ち直して、実習期間をやりきったよ。だけど大学を卒業して就職しても、プラットホームで電車を待つたびに……そうでなくても、歩いているとき、仕事してるとき、制服姿の女の子を見るとき、ふとした瞬間に杏那の姿が頭に浮かんで、忘れることなんてできなかった」

話は現実離れしていて、信じることはたやすくない。でも私のこれまでの人生に弘海先輩は確かにいて、そして助けられた過去があるから、どうしても嘘をついているようには聞こえなかった。

ぎゅっと握りしめる手に汗がにじむ。

弘海先輩は、ひと口だけコーヒーを飲んだ。

「ずっと願ってた。笹舟の約束の末路がこれではありませんように、って。そしたら、長年の願いが聞き入れられたように、僕は事故に遭って、昏睡状態の中で見た夢で、杏那を失ったあの日に戻ることができた」

弘海先輩は当時のことを思い出してか、ふっとおかしそうに笑った。

「起きたら自分の部屋だったんだけど内装は大学時代のもので、服装も事故に遭ったときのままでびっくりしたよ。体はどう見ても大学生のそれなのに、心と記憶は二十八だし。でも考えるより先に、過去に戻れたんだってわかったら急いで駅に向かった。それで改札を抜けていく杏那が見えて、あとを追った」

あのとき肩を引かれたタイミング、そして『よかった』と呟かれたこと。弘海先輩は確かに知っていて起こした行動だったのだ。私はあの日は、ただ死ぬことだけを考えて、他のことはどうでもよかった。だから、背後に彼がいたのに気づかなかった。止められて、死ねなかったことに憤慨した。

「最初は杏那を助けられたことが信じられなかった。まさか自分が過去に戻れるなんて想像もしてなかったからね。でも日付はどれだけ目を凝らしても過去で、杏那がいなくなっても僕の時を刻んでいたはずの腕時計は止まっていたし、街並みも七年前のそれだった。半信半疑のまま花純先生に杏那のことを尋ねたら、ちゃんと登校してるって知って……いつか噂に聞いた笹舟の約束のおかげで僕はやり直すことができるんだって思ったら、夢でもなんでもいいから必死だった。杏那をこの世にとどまらせるために」

弘海先輩は小さくひとつ、ため息をついた。

「でも、すごく葛藤したよ。安らかな顔の杏那を知っていたから、そのまま死を選ばせたほうがいいのかもしれないとか、やっぱり生きて、その後の未来も見てほしいとか。どう接するのが一番いいのかわからなくて、模索していた」

強引に迫ってくるかと思えば引いてみたり、弘海先輩の態度は確かにいつも曖昧で、私は惑わされてばっかりだった。けれど言動の端々に見受けられた戸惑いや遠慮は、彼の葛藤の表れだったのか。

「そうこうしているうちに、実習の最終日がやってきて、それで気づいた。時間は待ってくれないことに。死の引力は結局強くて、杏那はまたその軌道の中に入ってしまった」

わたしは、美紀と遭遇したあの日のことを思い起こしていた。

その日はもう限界だった。私が加害者であることに気づいて、いっそのこと消えてしまいたいと願ったのだ。そして、弘海先輩の存在も約束もすべて忘れて、私は二度目の自殺未遂を起こした。

「血相を変えた畠本さんから、玄関ですれ違った杏那の様子がおかしかったって聞いて一瞬迷った。でも、急いであとを追った。線路に落ちていく杏那を救えて安心したのもつかの間、右手から電車が来るのが見えて……目が覚めたら真っ白の世界だった。死んだのかと思ったけれど、病院にいた。杏那を助けたからではなく、自分が事故でホームに落ちて」

「でも、弘海先輩は先に帰ったんじゃ……」

宴会の席で酒田先生は、ご家族の事情で早退した弘海先輩には私のことを連絡しなかったと言った。それなのに私を助けたとは、辻褄《つじつま》が合わない。

確かに私はあのとき、弘海先輩の声を聞いた。そしてずっと、弘海先輩の時計を肌身離さず持っていた。でもあれは幻聴で、時計も他の誰かのものだったと言われれば、そうだったのかもと信じられる気もしていた。

「起きたら、その部分の記憶だけすり替わってた。僕は母親が倒れて午後の最後の授業を行わずに帰ったことになっていたんだ。幸い母は大事に至らなくて、今でも海外旅行に行くくらい元気だよ」

ね、壮大な夢でしょ？　と弘海先輩は自嘲気味に笑い、カップに口をつけるとのどを潤す程度のコーヒーを一口含んだ。

弘海先輩は七年前のことをすべて夢で片付けてしまった。でも私はそうはいかない。助けられたことも、ハンカチを借りたことも、胸の内をさらけ出したことも。陸上競技大会や、早瀬神社に行ったこと、ゼミ室でのお昼の時間のことだって、私は全部覚えている。

つまり、線路に落ちそうになったときに聞こえた声は、私の聞き間違いではなかったのだ。なにもかも本当に身に起こったことだった。

私は弘海先輩に助けられたから、こうして生きているのに、彼にとってすべてのことは〝思い出〟ではなく〝夢〟らしい。

「夢の出来事とは思えなかった。目が覚めたとき、手のひらに杏那の肩を引いた感覚は確かに残っていたから。でも、あの日人身事故に巻き込まれた女の子はいなかった。何度尋ねても、線路に落ちたのは僕だけだったという答えしか返ってこなかった」

弘海先輩はテーブルの上で手のひらを広げて、そこに視線を落とす。何もないその手のひらを私もじっと見つめた。

「よっぽど花純先生に杏那の卒後進路を聞こうとしたけど、杏那の死を再確認させられることを思ったら、怖くて無理だった。杏那との共通の知り合いはいないし、SNS上にも杏那の姿はなくて、杏那の消息を知る手立てはなにひとつなかった。だから、あれは神様が見せてくれた夢だったと思うことにしたんだ。そしたら、僕の代わりに杏那が先生で入ったって聞いて……」

うつむく弘海先輩の肩は小刻みに震えていた。

「引き継ぎのことがあるからいつかは絶対会わなきゃいけないのはわかっていたけれど、まったく心の準備ができなかった。送られてくるメールだとか、話を聞く限りでは僕が知ってる杏那に間違いはなかったけど、まだ夢を見てるんじゃないかと、ずっと、ずっと、思ってた」

言葉の間に沈黙が多くなって、ゆっくりゆっくり弘海先輩は話す。さっきまで交わっていた視線もいつの間にか私の一方通行になって、弘海先輩のつむじだけが見える。

なにに慄《おのの》いているのか。なにがそんなにも苦しいのか。彼は怯えるように震えていた。

懺悔《ざんげ》するように首を垂れる弘海先輩がそのまま消えてしまうのではないかと不安で、私は少し、また少しと向かいに座っている彼に近づいた。

「そしたら、どこかでなくしたはずの時計を持って『弘海先輩』なんて呼ばれたら、もうなんか……いっぱい、いっぱいで……」

思わず隣まで行って、弘海先輩の手にそっと自分の手を添えた。私を見つめる漆黒の瞳が涙に濡れていてハッとする。いつか『信じて』と言った眼差しは、夢か現《うつつ》かわからないこの現状を受けて、信じられないように揺れている。

弘海先輩は私の両手を握った。強く、しっかり、私がどこへも行かないことを確かめるように。

「弘海先輩」

私の声がしっかりと弘海先輩の耳に届くよう、名前を呼んだ。

「きっとこれも夢かもしれない。でも、私の目の前にいるのは私の知っている葛西弘海で、弘海先輩の目の前にいるのはきっと、先輩の知っている八城杏那で間違いないと思います」

弘海先輩の話は理解の範囲を脱していて、おおよそ信じることなどできない。だけど私はこうして息をして、弘海先輩の前にいる。弘海先輩も同じ時間を生きて、私の前にいる。今あるこの状況がすべてで、それ以上でもそれ以下でもない。

いつかきいちゃんが話してくれた、お母さんとデートする夢を見た女の子の話が脳裏をよぎった。

日々起きていることは誰かにとっては何気ない日常の一部かもしれない。でも誰かにとっては、一瞬の奇跡なのだ。私が今ここにいるのが弘海先輩にとっての奇跡であるように。弘海先輩が今私の目の前にいるのが、真実であるように。

「それに私、弘海先輩に会うために、教師になったんですよ」

過去に、同じような理由で実習先を選んだ弘海先輩に対し「動機が不純だ」と言った私。そのことを思い出して笑うところなのに、先輩はくすりともしない。けれど先ほどまで不安げに揺れていた瞳には、もう迷いや虚しさは映っていなかった。

「杏那」

その瞬間、私の目から涙がこぼれた。この声に名前を呼ばれたいとどれだけ望んでいたのか、きっと彼は一生知るよしもないだろう。安心したような弘海先輩はするりと手を解き、あふれてしまった涙をその指で拭ってくれた。

「ずっと会いたかった」

そう言われて、彼の広く温かい胸の中に自ら飛び込む。お互いの体温を共有するようにきつく抱きしめると、弘海先輩も同じように私を包み込んでくれた。

夢でもなんでもいい。私が今こうして弘海先輩を前にしていることが嬉しい。

感極まって幼子のように、でもお父さんが起きないようにと声を押し殺して泣く私の頭を、弘海先輩は泣きやむまでなでてくれた。その手つきやぬくもりは優しくて、私は明け方近くまで弘海先輩の腕の中にいた。

＊　＊　＊

気づけば、鳥のさえずりが聞こえた。蒼穹《そうきゅう》の下、キンと冷えた空気を胸いっぱいに吸い込むとはっきりと目が覚めて、周りがもっと澄んで見える。

帰るという弘海先輩と一緒に外へ出た。『寒いから中に入っていていい』と言われたけれど、去ってゆく背中をどうしても見送りたかった。

静かな朝に、私たちはふたりだけだった。

「もうすぐ、太陽が上るかな」

エントランスの前で弘海先輩は東側を向いてつぶやいた。かじかむ指をブルゾンのポケットに突っ込んだその手首には、ヒビの入った腕時計がつけられている。

私が見つめていたことに気づいて、弘海先輩は笑って首をかしげてみせた。

「弘海先輩」

「うん？」

「あの約束、今でも有効ですか？」

あの日果たされなかった約束。

この冬を越せば、また私と弘海先輩は会えなくなる。弘海先輩は学校に戻り、私も自分の職場に帰る。よっぽどのことがない限りもう偶然は期待できない。

弘海先輩は少し驚いて、でも快くポケットからスマートフォンを取り出した。

「七年越し。足かけ十年？　ようやく僕の願いが叶う」

「……随分、お待たせしました」

私もポケットからスマートフォンを取り出す。

文明の利器は、すぐに弘海先輩の存在を携帯番号に残した。改めて弘海先輩と私は今同じ時間を刻んでいるのだな、と実感する。

ふたりして連絡帳を開いて、しばらくそれを眺めていたが、やがて弘海先輩は満足したようにそれをポケットに戻し、「そろそろ行かなきゃ」と目を細めた。

花がほころぶような笑顔は私にはくすぐったくて、嬉しくて、このままずっと引き止めてしまいたくなる。

温かい声が私の不安を取り除くように耳に入ってきた。

「杏那」

私の体はまだ泣けるようで、込み上げてきたものをぐっとこらえて返事をした。

「はい」

しゃくりにも似たような返事に、弘海先輩は柔らかく笑ってくれた。

「呼んでみただけ」

「なんですか、それ」

「このまま別れたら、消えてしまうかもしれないから」

弘海先輩が首を傾けるので、今度は私が彼の不安を追い払えるように、笑顔で確信を持って答える。

「どこにも消えませんよ」

「朝陽を浴びたら、光になってしまうかも」

「私はドラキュラですか？」

そこまで言って、くしゃみが出た。寒さに少しだけ身震いすると、弘海先輩は
「やっぱり中で別れたほうがよかったね」と自分のマフラーを私に巻いてくれた。

手を伸ばせば届く近さで視線が交わる。

するとマフラーで手前に引っ張られて、そっと唇が重なった。触れた部分は温かくて、コーヒーの匂いが鼻腔《びくう》をかすめる。再び視線がかち合い、もう一度、今度は確かめ合うようにゆっくり重なる。

初めてのキスは温かくて、涙が出るほど甘かった。

ゆっくりと離れていく唇を風が熱を奪うようにさらりとなでていくけれど、感触ははっきりと残っている。

「弘海先輩」

「うん」

「消えたときに備えて、ひとこと言わせてください」

私と弘海先輩の空白の時間。それを全部埋めることはできないけれど、これからは

同じ速度で、同じ時間を一緒に過ごしていける。同じ景色を見て、同じ空気を感じて、同じように呼吸ができる。隣で、ふたり一緒に。

でも、そんな日も突然失われてしまうかもしれないから。

「消える前提で話すんだね」

「私じゃなくて、弘海先輩のほうですよ。ないとは言い切れないでしょう？」

いつかとはまた立場が逆になる。弘海先輩は観念したように笑った。

「いいよ。なに？」

「いつかの質問の答えです」

「質問？」

「あ、でもその前に。弘海先輩は、私のことどう思ってますか？」

弘海先輩は、私を『好きだった』と表現した。だから今はどうかわからない。先ほどのキスが答えだと言われればそうかもしれないけれど、できることならちゃんと言葉で聞きたかった。

「……散々僕の話を聞いておいて、キスまでしたのにそれ聞くの？」

弘海先輩は困ったような嬉しそうな顔ではにかみ、その白い手で私の頬を包んだ。ぬくもりが伝わってきて、弘海先輩と同じ時を生きていることをますます実感する。

ゆるんだ口元には優しさがにじんで、その甘さに胸が締めつけられる。だけどこのまま黙っていると、なにも言えないまま、別れる時間を迎えてしまいそうだったから口を開いた。

「弘海先輩」

十年前、一緒に流した笹舟に乗せた想いは、興味本位だったかもしれない。でもあれは、私の本心でもあった。

「私、あなたに出会えて幸せです」

そのとき、朝陽が右手のほうから、静かにその顔をのぞかせた。まぶしいその光が泡のように視界を遮るので、弘海先輩の表情がわからない。

高鳴る胸は、収まることを知らずに激しく打ち続ける。喉元にも目の奥にもかあっと熱が集まる。

途端、ふっと視界が暗転したと思えば、弘海先輩の胸に抱き寄せられた。同じ速さで動く彼の鼓動を感じる。

「杏那」

鼓膜を叩く、甘い声。

私は返事をすることもできず、その広い背中に腕を回し、ぎゅうっと力の限り抱きしめ返した。

「僕は君を愛してるよ」

あとがき

私の敬愛するフィギュアスケーターに、カナダ代表でソチオリンピックにも出場した、ケヴィン・レイノルズ選手がいます。今シーズン途中で残念ながら現役を引退されてしまわれましたが、以前彼はこんな言葉を仰っていました。

「良い経験は悪い経験なしでは語れない。悪い時期があったから、良い時期を感謝することができる」

彼が逆境の中勝ち取った四大陸選手権金メダルのフリー演技は、今でも私のお守りです。


私が今回この作品を描くにあたった経緯には様々なことがありましたが、一番は、小学校時代からのお気に入り、漫画家聖千秋先生の作品『ヘプタゴン』の存在です。

簡単に内容を説明すると、中学生時代に自分が招いた事故で大好きな先輩を失ったヒロインがひょんなことからタイムリープして先輩を助け、その後未来で再会する、というものです。今ではそんな話がごまんと出ていますが、当時の私には衝撃的でした。ちょっと大人味の作品だったので全部を読み込めていたわけではありませんが、ずっと気になっていたことがありました。

『タイムリープで運命を変えられた人は、再会のとき、なにを思うのだろう』

家族からも私の発想は斜め上だとよく言われるのですが、私は長い間そのことについて考えていました。そして今回、その視点からの物語を書いてみようと思った次第です。

人生は楽しいことよりも辛いことのほうが多く感じられるときがあるかもしれません。休むことでなにかしらの心の不安が解消されればいいのですが、時には究極の選択をしてしまうこともあるでしょう。私はそれが間違いだとは思いません。むしろそれを最良の選択だと受け止めたいとも思いますが、なかなか難しいときもあります。

人間には誰しもいつか、終わりが来ます。それを自分で決めるか、また決められてしまうかはわかりませんが、これまで生きてきた人たちが、また今を生きる人たちが、自分の時間に限りが来て楽園に行ったとき、あるいは行くとき、人生の中でたったひとつでも「幸せだった」と思えることがあったのなら、と願ってやみません。

Love will change the world.

誰かを想う心は、きっとなにもかもを凌駕《りょうが》すると、私は信じています。

この物語を完結させるにあたり、たくさんの人が支えてくださいました。まず、私に書く機会を与えてくださった野いちごサイト様、野いちご編集部の方々。私の作品に講評をくださり、出版の機会をくださったスターツ出版の方々。デザイナーの村山様。私の初めての書籍化にあたり、懇切丁寧にご指導くださった、ヨダ様。細かな言い回しやストーリ展開など、とても勉強させてくださりお礼申し上げます。表紙を担当してくださった、ごろく様。私が最も描いてほしかった光の世界を美しく描いてくださり、感謝してもしきれません。そして編集担当の後藤様。未熟でわがままも多い私ですが、納得するまで話し合って解決しようとしてくださり、また私の重荷も取り除いて、助けてくださり、私のお仕事のパートナーとなってくださり、大変お世話になりました。私のお話作りに関わって下さったすべての方々、本当に本当に、ありがとうございます。たくさんの出会いに導かれてこのような機会をいただけたこと、この上ない幸福です。

最後に。この作品を手にとってくださったみなさまに、たくさんの幸せが訪れますように。また、お会いできることを願って。

二〇一九年二月　大椛馨都

この物語はフィクションです。実在の人物、団体等とは一切関係がありません。

大椛馨都先生へのファンレターのあて先
〒104-0031　東京都中央区京橋1-3-1　八重洲口大栄ビル7F
スターツ出版（株）書籍編集部 気付
大椛馨都先生

きっと夢で終わらない

2019年2月28日　初版第1刷発行

著　者　大椛馨都　

発行人　松島滋
デザイン　カバー　bookwall（村山百合子）
　フォーマット　西村弘美
編　集　後藤聖月
　ヨダヒロコ（六識）
発行所　スターツ出版株式会社
　〒104-0031
　東京都中央区京橋1-3-1　八重洲口大栄ビル7F
　出版マーケティンググループ　TEL03-6202-0386
　（ご注文等に関するお問い合わせ）
　URL　https://starts-pub.jp/
印刷所　大日本印刷株式会社

Printed in Japan

ISBN　978-4-8137-0633-5　C0193

スターツ出版文庫　好評発売中!!

『きみを探した茜色の8分間』　涙鳴《るいな》・著

私はどこに行くんだろう――高２の千花は学校や家庭で自分を出せず揺れ動く日々を送る。ある日、下校電車で蛍と名乗る男子高生と出会い、以来ふたりは心の奥の悩みを伝えあうように。毎日４時16分から始まる、たった８分、ふたりだけの時間――。見失った自分らしさを少しずつ取り戻す千花は、この時間が永遠に続いてほしいと願う。しかしなぜか蛍は、忽然と千花の前から姿を消してしまう。「蛍に、もう１度会いたい」。つのる思いの果てに知る、蛍の秘密とは？驚きのラストシーンに、温かな涙！

ISBN978-4-8137-0609-0 ／ 定価：本体560円＋税

『昼休みが終わる前に。』　髙橋恵美《たかはしえみ》・著

修学旅行当日、クラスメイトを乗せたバスは事故に遭い、全員の命が奪われた。ただひとり、高熱で欠席した凛々子を除いて――。5年後、彼女の元に校舎の取り壊しを知らせる電話が。思い出の教室に行くと、なんと5年前の修学旅行前の世界にタイムリープする。どうやら、1日1回だけ当時に戻れるらしい。修学旅行までの9日間、事故を未然に防いで過去を変えようと奮闘する凛々子。そして迎えた最終日、彼女を待つ衝撃の結末とは⁉「第３回スターツ出版文庫大賞」優秀賞受賞作！

ISBN978-4-8137-0608-3 ／ 定価：本体570円＋税

『秘密の神田堂　本の神様、お直しします。』日野祐希《ひのゆうき》・著

『神田堂を頼みます』――大好きな祖母が亡くなり悲しむ菜乃華に託された遺言書。そこには、ある店を継いでほしいという願いが綴られていた。遺志を継ぐため店を訪ねた菜乃華の前に現れたのは、眉目秀麗な美青年・瑞葉と……喋るサル⁉　さらに、自分にはある“特別な力”があると知り、菜乃華の頭は爆発寸前‼「おばあちゃん、私に一体なにを遺したの？」…　普通の女子高生だった菜乃華の、波乱万丈な日々が、今始まる。「小説家になろう×スターツ出版文庫大賞」ほっこり人情部門賞受賞作！

ISBN978-4-8137-0607-6 ／ 定価：本体570円＋税

『青い僕らは奇跡を抱きしめる』木戸《きど》ここな・著

いじめに遭い、この世に生きづらさを感じている“僕”は、半ば自暴自棄な状態で交通事故に遭ってしまう。“人生終了”。そう思った時、脳裏を駆け巡ったのは不思議な走馬燈――“僕”にそっくりな少年・悠斗《ゆうと》と、気丈な少女・葉羽《はばね》の物語だった。徐々に心を通わせていくふたりに訪れるある試練。そして気になる“僕”の正体とは……。すべてが明らかになる時、史上最高の奇跡に、涙がとめどなく溢れ出す。第三回スターツ出版文庫大賞にて堂々の大賞受賞！圧倒的デビュー作！

ISBN978-4-8137-0610-6 ／ 定価：本体550円＋税

スターツ出版文庫　好評発売中!!

『Voice －君の声だけが聴こえる－』 貴堂水樹《きどうみずき》・著

耳が不自由なことを言い訳に他人と距離を置きたがる吉澤詠斗は、高校２年の春、聴こえないはずの声を耳にする。その声の主は、春休み中に亡くなった１つ年上の先輩・羽場美由紀だった。詠斗にだけ聴こえる死者・美由紀の声。彼女は詠斗に、自分を殺した真犯人を捜してほしいと懇願する。詠斗は、その願いを叶えるべく奔走するが──。人との絆、本当の強さなど、大切なことに気付かせてくれる青春ミステリー。2018年「小説家になろう×スターツ出版文庫大賞」フリーテーマ部門賞受賞。

ISBN978-4-8137-0598-7 ／ 定価：本体560円＋税

『1095日の夕焼けの世界』 櫻《さくら》いいよ・著

優等生的な生き方を選び、夢や目標もなく、所在ないまま毎日をそつなくこなしてきた相川茜。高校に入学したある日、校舎の裏庭で白衣姿の教師が涙を流す光景を目撃してしまう。一体なぜ？…ほどなくして彼は化学部顧問の米田先生だと知る茜。なにをするでもない名ばかりの化学部に、茜は心地よさを感じ入部するが──。ありふれた日常の他愛ない対話、心の触れ合い。その中で成長していく茜の姿は、青春にたたずむあなた自身なのかもしれない。

ISBN978-4-8137-0596-3 ／ 定価：本体570円＋税

『それから、君にサヨナラを告げるだろう』 春田《はるた》モカ・著

社会人になった持田冬香は、満開の桜の下、同窓会の通知を受け取った。大学時代──あの夏の日々。冬香たちは自主制作映画の撮影に没頭した。脚本担当は市之瀬春人。ハル、と冬香は呼んでいた。彼は不思議な縁で結ばれた幼馴染で、運命の相手だった。ある日、ハルは冬香に問いかける。「心は、心臓にあると思う？」…その言葉の真の意味に、冬香は気がつかなかった。でも今は…今なら…。青春の苦さと切なさ、そして愛しさに、あたたかい涙が止まらない！

ISBN978-4-8137-0597-0 ／ 定価：本体630円＋税

『あやかし心療室 お悩み相談承ります！』 唐澤和希《からさわかずき》・著

ある理由で突然会社をクビになったリナ。お先真っ暗で傷心気味の彼女に、父親が見つけてきた再就職先は心理相談所。けれど父が勝手にサインした書面をよく読めば、契約を拒否すると罰金一億円⁉　理不尽な契約書を付きつけた店主の栗根という男に、ひと言物申そうと相談所に乗り込むリナだが、たどり着いたその場所はなんと、あやかし専門の相談所だった……⁉

ISBN978-4-8137-0595-6 ／ 定価：本体560円＋税